艳歌

叶兆言——著

人民文学出版社

图书在版编目(CIP)数据

艳歌/叶兆言著.—北京：人民文学出版社，
2018
（中国中篇经典）
ISBN 978-7-02-014382-5

Ⅰ.①艳… Ⅱ.①叶… Ⅲ.①中篇小说-小说集-
中国-当代 Ⅳ.①I247.5

中国版本图书馆 CIP 数据核字(2018)第 127719 号

责任编辑　朱卫净　杜玉花
装帧设计　汪佳诗
封面绘画　Candy 田

出版发行　**人民文学出版社**
社　　址　**北京市朝内大街 166 号**
邮政编码　**100705**
网　　址　**http://www.rw-cn.com**

印　　制　**山东临沂新华印刷物流集团有限责任公司**
经　　销　**全国新华书店等**

字　　数　**150 千字**
开　　本　**890 毫米×1240 毫米　1/32**
印　　张　**7.25**
版　　次　**2018 年 10 月北京第 1 版**
印　　次　**2018 年 10 月第 1 次印刷**

书　　号　**978-7-02-014382-5**
定　　价　**45.00 元**

如有印装质量问题，请与本社图书销售中心调换。电话：010 - 65233595

目录

悬挂的绿苹果

1

　　小说一开始，难免不说些无关紧要的废话，我们先从玩扑克牌开始说起。

　　那时候"提壶"刚刚在剧团里风行。只要有空，无论春夏秋冬，不管白天黑夜，四处都可以看见打牌忘了吃饭睡觉的激动场面。这一天演出结束，几个牌友搬了一张小桌，凑在大楼间的路灯下面，轰轰烈烈摆开阵来。因为第二天是休息的日子，所以出第一张牌时就说好：不到天明，绝不鸣鼓收兵。

　　几圈下来，各有胜负。输一局者，脸上沾上口水贴一白纸条以示惩罚。夜深人静。下弦月升了起来，这几个人只恐影响别人，都闷声打牌，认认真真动脑筋。又是一圈下来，轮到坐东首的人往脸上贴白纸条。他下巴上已经有了两条三寸长的纸条，如今又添一条，是像模像样的一副山羊胡子，随着下巴一动一动，因此邻家悄声说：

"半仙，你若上台做戏，这胡子就行了。"

另一位邻家也说："老魏，你输就输在出牌上，譬如这一局，你若扣住了小王八——"

这时又开始抓牌。对家不是位喜欢埋怨的人，只说："半仙，我们不能再输了，杀他们一局。"说着，见老魏探头往远处看，心里觉着怪，也回头看。自然什么也看不到。出牌出到一半，老魏不经意地说："刚刚有个人从那梯子上爬到三楼去了。"同时把牌打出去。

三位牌友听了，吓了一跳，心想这种事只有魏半仙这号人才能沉得住气。夜入民宅，不是盗贼还能是什么，于是扔下手上的扑克，往那梯子处走去。梯子离他们打牌的地方约五十米。这一阵正在修房子，梯子搁在这儿，大约是民工忘了收。不过谁都知道这梯子是放在西边拐角上的，现在却是往东挪了挪，恰好搭在三楼的窗台上。

三楼是女单身宿舍。几个牌友注视的这个窗户里住着两位姑娘，一位是化妆师，今年二十六岁，很有些风流的样子，对象已经谈了三四年，剧团里的人都知道，凡是第二天是休息的日子，她便住回家去。另一位姑娘三十岁出头，她是食堂的炊事员，以宿舍为家，是剧团里最出名的女光棍。

一个牌友说道："半仙，你真看到有人进去了？"另一个牌友便驳斥，说这难道还有疑问，要不这梯子哪会到这里来。老魏却说："我只担心要是贼的话，姑娘家可能会吃亏，要不是贼，而是那种事的话，我们最好也不用管了。"

正说着，只见那房间里灯光一闪，又灭了，隐隐的有一种听不清的声音。一个最好多事的牌友难免见义勇为，对老魏说："你守在这儿，我们三个上去看看。"

老魏说："我一个人怎么行？"

其他的人便说，你把梯子抽掉就是了。说着三个人卷了卷袖子，准备上楼。待这三个人进了大楼，老魏想：哪来的什么贼，年轻人，年纪到了，什么荒唐的事做不出来。要是歹徒的话，早喊了，因此弃下梯子不管，往牌桌那边走去。走出不多远，听见竹梯吱吱地响，回头一看，见一个人猫着腰正往下爬。老魏想喊抓贼，见那身影似乎熟悉，话到嘴边，又缩了回去，脚底下还在继续往前走。那黑影匆匆地也朝这边走过来，到楼梯过道那里，一闪身，进了大楼。

第二天这新闻就爆炸了。团领导把老魏找了去，炊事员张英两眼哭得通红，坐在放着打字机的办公桌旁边。团领导说："老魏，你不应该不知道这人是谁呀，你肯定看见了。"老魏急得脸发紫："我凭什么，凭什么，小张和他在那房间里待了那么长时间，都没看清他是谁，我怎么能知道。"团领导知道老魏生性最怕多事，最不喜欢干涉别人的私事，心里有些恨这人没原则，因此说道："老魏，你想，要不是李平、王东剑他们，还不晓得会出什么事。你当时为什么不喊一声呢，就让他从你眼皮底下跑掉？"

老魏说："我喊什么，这有什么好喊的。"他想说小张为什么不喊，但回过头去，看到她那双哭得通红的眼睛，没有忍心说出来。

这剧团里风气最不好，随你什么事，都要死命地瞎议论，尤其碰上有关男女的事，那更是没完没了，平均每个人都要说他个十遍才肯作罢。有时只是捕风捉影，为着蛛丝马迹般的小事，渐渐地议论下去，最后竟能有鼻子有眼，有血有肉，变成完完整整的一个风流故事。

自从这个事件发生以后，许多人家加了锁。女人们临睡前，都要检查一下窗户是否锁上。很长的一段时期内，住集体宿舍的女青年一过晚上八点，便不敢出来上公共厕所。这种状况，直到张英后来结了婚，才有所好转。一来时间长了，什么样的事迟早都得忘记；二来当时就有人觉得这不是流氓案件，随着时间的推移，这种怀疑逐渐占了上风。

张英有一段时间日子真不好过，因为几乎剧团里所有的女人，都拿同样的问题问过她。有的老妇女的话极难听，即使法院里的审判员也不会提出类似的问题。剧团到医院去例行体检，有的女人竟然下作到偷偷地去找医生打听。女人们的好奇心，永远也没有办法得到满足，尽管张英对一个简单的问题，已经重复了不知多少遍。

"我那天正在睡觉，醒来时有一个人站在床头，我想开灯，他不让开。后来他脱了外衣要上我的床，我不让，他就走了。后来其他人就来了。"

"你不会不知道他是谁吧？"女人们总要拿这类问题纠缠她，"好吧，你说，他究竟是不是我们团的？"通常最初都是问问，然后是纠缠，最后便是审问："小张，他肯定就在我们团，你包庇他有什么用？"

张英呢，最初是说明，然后是解释，最后只有流眼泪。有一点对张英很不利，那男的临走时，留下了一件运动衫，这运动衫是剧团里发的练功服。光凭这一点，便可以确定这个人是剧团里的。既然一个单位，张英就不应该不认识。

老魏无意中又提供了另一条线索。

剧团的人都把老魏当作一个怪人。所以怪，怪就怪在本分上。他有一半人的性格，这就是也要吃，也要喝，也要玩，也要乐，还有一半仙的性格，这就是不管凡人俗事。有一回，有人看见两个有夫有妇的男女，躲在后台亲嘴，忙喊他去看，被他冲了一鼻子的灰："我老魏眼睛瞎，见不到这种事，你少来跟我啰嗦。"

有人知道老魏的脾气，故意用话引他："半仙，你上次说那个人个子高高的，这会是谁呢？"

老魏于是又把脸涨得发紫："瞎说，哪个存心造谣，我什么时候说过个子高高的这种话？"

说的人做出不屑一辩的样子，仿佛老魏明明说过这话，现在只是在抵赖。老魏发了急，只得进一步辩白："你想，我怎么可能说这话，要是那个人真是个大个子也罢了，他根本就不高——"一条线索便这么得到了。

接下来的推理并不复杂。一件运动衫把这个人限定在男演员之中。剧团并不大，女演员比男演员多得多，搭上白发的老头子，三五个十三四岁的毛孩子，男演员的总数也过不了四十。运动衫的尺寸和老魏提供的线索，又进一步缩小了范围。张英显然知道这个人是谁，她不肯说出来，说明她和这个人关系不错。于是结论也就有了，按照剧团的一个老妇女的说法，女人过了三十岁，再没有男人，你要想叫她解下裤带，就跟拿糖和冰棍哄小孩一样容易。

不知不觉地，或者说自然而然地，这镜头的焦点就对到了一个人的身上。这个人就是王至强。他是个还算不错的演员，在舞台上常演许仙或者王魁一类的风流小生，但实际生活中并没有什么不检点的事。他声称他的运动衫从来不曾遗失过，并且特地连续几个月都穿这件衣服。很明显这是他对剧团里有些人对他的怀疑表示愤怒，然而有人说他做贼心虚，故意装出来的，因为类似的衣服在附近的百货店就可以买到。舞美组有两个人吃饱了饭没事可做，专门用业余时间监视他和张英的接触。他们常常故意拿着饭盒在楼道说话，然后等王至强来了，一起跟着去买饭。王至强这一天买什么菜，在饭堂里和张英说了些什么话，爱管闲事的人很快就会打听到。各路小道消息，每隔一段时间，就得到一次综合。剧团的某些人兴趣就是这样，就好比美国人喜欢吹口哨，巴西人喜欢踢足球，你要想叫他们改变这个话题，除非你能在他们身边找到一个更刺激的话题。

　　更刺激的话题当然不容易找，幸好不久有了比较刺激的话题。这是王至强一个好朋友透露的。因为有一次王曾经向他发牢骚，说："他妈的都怀疑我，其实我这种事根本做不起来。"剧团的人都知道王是个温文尔雅的人，轻易不骂人，骂了人，自然也有他的苦衷。况且说他有毛病的流言，很早就传播过，他结婚七八年依然没有孩子，如今好好想一想，的确也是个很好的证据。他老婆虽然只是普通工人，却是个极其风骚泼辣的货色，住在剧团宿舍里，骂起王至强来，就跟骂儿子一般。于是同情心起了作用，大家尽管弄不清那毛病究竟是怎么一回事，想想他毕竟可怜，也就不忍心再议论。

　　再说张英，她是个炊事员。炊事员在剧团里当然不是高等的工作，但却是一个不能看轻的位置，除非你永远不在食堂吃饭。人们在好奇的欲望之外，还有追求实惠的私心。这私心使剧团的人，不会过分地得罪张英。谁也不愿意为和自己毫不相干的事，平空地少半两饭和半勺菜。人总有好恶，盛饭舀菜，手上总有差错，这也是难免的事情。因此，议论还是要议论，但毕竟不怎么议论了。最重要的是，天长日久，张英自己也把这件事忘了，她又变成了原来的张英。当事人无动于衷，议论也就没有意义，自生自灭。

2

文艺界最大的特点，就是太空太闲。虽然永远有人要排练，要演出，但既然不是每个人都参加排练演出，就永远无法解决太空太闲的毛病。议论成风，议论癖，凡此种种，都不过是太空太闲的副产品。人空闲了就要找话说，于是就有了说的人和听的人。这篇文章的女主人公最怕这种议论。环境无意之中决定了人的性格，过去有句掉牙的老话，寡妇门前是非多，张英想来思去，无非还是不结婚的过错。有人动她的脑筋，想占点便宜吃豆腐，不过是看中她没有男人。有的人恶意地诽谤她，硬把她说成是个风流女人，也不过是看到她没有男人。三十几岁的女人没有男人，已属不幸，偏偏不幸之外，还要加上一点自身无辜的过错。

因此张英打定了主意要找个男人，越快越好。

张英今年实实足足三十二岁。也不知怎么的，张英觉得自己转眼就到了三十二岁。她长得矮矮胖胖的，腿很短，脚是一双儿童的脚，从正面看，两个肩膀圆鼓溜秋的，两只手仿佛总是张得很开很开，从侧面看，胸脯太厚、太高，臀部圆圆的鼓着，从哪一方面看，都像个充足了气的皮球。她的相貌很平常，皮肤不白不黑，小塌鼻子，眼珠虽然大，却没有神，配了一副深度数的白边眼镜。她十八九岁的时候就是现在这个样子，而现在倘若有人说她只有十八九岁，马马虎虎地也会有人相信。张英一直为自己是近视眼感到自卑，因为她觉得只有有学问的人才配戴眼镜，剧团里的青年参加文化补习班，她连考了两年，都没混到初中文凭，所以免不了有自己白戴了一副眼镜的悲哀。文艺界的女青年都喜欢打扮，都会打扮，而且都敢打扮，张英身居其中，近朱者赤，衣着也颇时髦，只是由于先天的条件和缺乏演员的气度，总给人不够和谐的别扭感觉。

张英有个老同学叫刘洁洁。刘洁洁是张英未结婚前唯一的知心朋友。她和张英同岁，人长得有几分姿色，小孩已经六岁了，三年前离了婚，如今正在和一个姓王的搞恋爱，搞得很热乎。刘洁洁有个朋友在婚姻介绍所工作，她还没和姓王的搞上对象时，曾拉着张英一起去婚姻介绍所看过照片。她们接连碰面了好几个都没成功，大家心灰意冷，以致私下公开地又唱起独身主义的高调。张英本来不是有主意的人，跟在刘洁洁后面大谈独身，觉得也是种自我安慰，不过心里倒真正害怕独身一辈子，真正害怕弄假成真。

不多久，刘洁洁和姓王的搞上对象，独身主义再也不谈了，却四处忙着给张英做媒。这一天正好是例假日，刘洁洁兴冲冲地跑来找张英，没进门就笑出声来：

"张英，快，换衣服，我带你去见个人。"

张英睡了懒觉刚起来，眼泡还有点肿，莫名其妙地瞪着刘洁洁，不知她为什么这么高兴。

"快点，换身衣服，怎么，不想见呀？"刘洁洁打开张英的箱子，帮着挑好的衣服。张英心里已经有数要去见什么样的人，一边打水洗脸，一边懒洋洋地问见谁。刘洁洁干干脆脆地说："我跟你讲，这个人不错，我已经看过了，约好九点半在玄武湖门口见，你快点！"

张英洗完脸，抹了点珍珠霜在脸上，又想到没梳头，赶紧找梳子镜子。刘洁洁不住地看手表，急得直跺脚："哎呀，好啦好啦，有什么打扮头呀，就这样，自然美！"张英要穿淡红色的衬衫，刘洁洁直摇头："不行不行，你就喜欢穿这件，这件太俗了，嗨，就穿这件，对，听我的。"

两人匆匆往玄武湖赶。到了大门口，又匆匆把自行车寄存掉。张英额上都是汗珠子，娇嗔地说："看你火烧火燎的，弄得我早饭都没吃。"刘洁洁从兜里掏出手帕拍了拍额头上的汗，见张英忘了带手帕，把自己的递给她："你拿去用吧。真是狗咬吕洞宾，不识好人心，你一顿早饭不吃算什么，我这么火急火燎的，又图什么。我跟你说，这人真不错，我要不是有了小王，才不介绍你呢。——噢，你看，已经在那边了，走，我们过去。"

张英仿佛是到了这刻，才当起真来，虽然刚刚已经知道是怎么一回事。那男的也正朝着她们这边看。张英的心咚咚直跳，拼命地往喉咙口上涌，就好像受了过分的惊吓要逃出来。刘洁洁已经迈步朝那边走去，张英也只好跟在后面硬着头皮走，羞得不敢抬头。尽管只是粗粗地看了一眼，张英便知道这事不会有希望。那男的又高又大，脸盘子也好，一副气宇轩昂的样子。这样的人说什么也不会看上她张英。张英的脚依然在往前走，心里则在怪刘洁洁不该多事。

转眼就是面对面了，刘洁洁和那男的搭话。那男的一口地道的普通话，声音很甜。张英刚抬头，见那人正认认真真地盯着自己笑，慌忙把眼光扫到地上，扫到那人的脚背上。那是一双擦得锃亮的皮鞋，在他旁边，又是一双小孩的脚，穿着新式的旅游鞋。刘洁洁作了介绍以后，那男的笑着和她打招呼，张英也轻声作答，眼睛依然往别处看，耳朵却用心听着，听到那男的正对刘洁洁说话，忙偷偷地看他一眼，想看看他是否有鄙视她的意思。她私下里只觉得他非常非常高大，而自己非常非常矮小。他似乎在等着她的目光，眼锋一对上，便大大方方地向张英发出邀请："我们一起到公园里转转吧！超超，把票去给那位叔叔。"被叫做超超的小男孩，连蹦带跳地跑到大门口，把游园票往检票箱里扔，几位看门的叔叔阿姨笑着夸他乖。刘洁洁看看手表，说："那好，你们自己谈吧，我还有点事呢！"说完妩媚一笑，又对张英挤了挤眼睛，扬长而去。

生活节奏的变化，有时真是不可捉摸，慢起来，今天是昨天的重复，年复一年，似乎永远是那么个节奏。快起来，一分一秒一个模样。虽然波光粼粼的玄武湖就在张英的身边，虽然她捡起别人扔下的柳条已经在手上玩了好一会，张英觉得自己的思想仍然还在来玄武湖的路上。刘洁洁轻松放肆的笑声，似乎一刻也没有在她耳边停止过。张英起先担心刘洁洁的离去，会使自己的处境很尴尬，不久便发现，不如这样更好一些。尴尬在熟人面前，只有变得更尴尬。她想自己今天反正豁出去了，好在这事也只有刘洁洁一个人知道。

那男的最初说了些什么，张英记不清了，不过都是些无关紧要的话。她只记得他仿佛不经意地说了声：

"我今年三十二岁。"

"我也是的。"她脱口说道。这是她记忆中的第一句话。

"你一直没有结过婚?"

张英一下子把眼睛瞪得多大。虽是随谈，但问得似乎太突兀，太没道理，她不得不狠狠地看他一眼。他好像也觉得自己问得不恰当。脸上显出一种歉意的微笑。张英说："我，我连恋爱都没谈过!"说完便后悔，这种解释又笨又可耻。她想人家这会一定在想她长得太难看，没人要。一阵悲伤情绪直往上升。

他们身边的那个小男孩超超，一个人玩腻了，跑过来拉着张英的手摇着，故意眯细着眼睛说道："阿姨，你敢划船吗?"张英把手中的柳枝丢开，摸了摸超超的大脑门，苦笑着问他是不是想划船。超超让说中了心思，高兴地直点头。张英突然想起自己到现在还不知道这小孩是谁。

"我想你已经知道了，这就是我儿子，——今年五岁。"

张英觉得好像有人在后面撞了她一下，脑子里仿佛有一架飞机刚刚飞过，轰轰直响。脚底下已经乱了，走了两步，停下来，又走了两步，再也不肯走了。刘洁洁实在不该把这事瞒着她的，当然，也许这根本谈不上瞒。张英发现刚才那种强烈的自卑情绪已经没有了，剩下的只是一种淡淡的无尽悲伤。

"其实我也没有正式结过婚，我是说没有'正式'。"

张英虽然还在听，但觉得自己听不下去了。她只感到冷，感到太阳晒在身上一点暖意都没有，禁不住地哆嗦。他似乎也觉察到了这一点，这显然是一个不能让女人感到愉快的话题，但仍然要说下去。因为他站得比较前，所以身体微微地有些侧，他说：

"还有，我现在的户口还在青海。不过我现在正在跑调动，只要我们能够结婚，很快就能调过来。我不是瞎说，因为这事都差不多了。你放心好了，调动的事用不着你烦神。"这个人，这个青海人的谈话太坦率，太赤裸裸，使得张英很有些吃惊。她朦朦胧胧地感到，对方好像已经肯定她就要嫁给他似的，真是岂有此理。他这是在瞎说，在做梦，张英对自己说着。

"好了，该说的，反正我都说了，你看着办吧。我也不要你现在就拿主意，你只管回去想想就是了，反正我无所谓，你行不行都可以。你要高兴的话，我们明天就可以结婚！超超，跟这位阿姨再见！"

3

从玄武湖出来，张英心里充满了一种屈辱的感觉。迎面走过两个漂亮的女孩子，很亲昵地挽在一起走着，有说有笑，她不由得感到一种无端的仇恨。女孩子年轻，漂亮，而她老了，三十几岁了，并且不漂亮。在自行车寄存处，她首先发现自己的车钥匙没了。在她放自行车的拐角上，她的车子也不在。张英不禁想到今天真是倒霉的日子，刚刚才受过了一番屈辱，现在又丢失一部八成新的自行车。

看车人看她呆呆地站在那里发怔，便过来问她是不是没有拿钥匙。张英这才想起当时匆匆，忘了从车上取下钥匙。看车人是个热心负责的人，把她车子搬到所坐的地方旁边，这刻免不了数落张英几句："我说丫头你这不害人吗？你说人家要是把你这车偷走了，我是赔呢，还是不赔呢？"看车人的意思很明显，无非是要张英感谢她两句，偏偏张英这刻心思不知在哪里，连个笑容都不肯给，推了车子就走，气得看车人在背后直骂她，说她这样的女人太少见。

张英不想直接回家，她觉得自己应该首先找个地方哭上一场。然而她发现肚子饿了，因此骑车去找个地方吃馄饨。她不敢就在近处吃，害怕再碰上那个该死的青海人。这个青海人还真做得出。刚刚和她说再见时，伸出手来和她握，似乎他们已经相识很久，好半天都不肯松开。他不是在握手，他是在捏她的手。张英现在一想起来都有些恨，恨他太自信，太不把她张英当回事，好像这个女人就注定要给他当老婆的。

因为肚子饿，张英连吃了两碗馄饨。一边吃，心里一边在恨刘洁洁。说到底，这事都怪她。要是没有她，那个青海人便不会跟自己有关系。还有那个小孩，现在回想起来，张英真是太笨。她应该一眼就看出他们父子的相同点的。她承认这个小孩很漂亮，很可爱，就像他那青海老子一样，但是——她想到这里，又十二分地恨起刘洁洁来。她倒好，自己离过婚的，却找一个清清白白的小伙子，不就是她长得比自己漂亮一点吗。张英觉得她这一次做媒别有用心，她还不是觉得自己不漂亮，不会吸引人，才给她想到了这么个离了婚的光棍。

馄饨吃到最后几个，张英停了下来，不是吃不下，而是想多消磨掉一些时间。她越想越感到屈辱。自己并不是个心高的人。她的的确确想找个男人，这念头也许十七八岁就有了，当然一过了二十五岁，她就考虑要找个普普通通的男人。她知道自己太一般化，所以男人也应该一般化。女人都是软弱的，都得找男人做依靠，张英知道自己多少年来一直在想崇拜一个男人，崇拜一个哪怕最平平常常的男人。

张英所以感到委屈，就是因为想着世道太不公平。她选择对象的条件似乎不能再低。况且她从来没想到过要嫁给一个离过婚的男人。以前在食堂卖菜，一个刁蛮女人因为嫌自己的菜少，曾经骂过她给人做小老婆都不要。在婚姻大事上，张英的观念依然十分传统，在她想来，寡妇再嫁，鳏夫再娶，都不是十分光彩的举动。倒不是因为身在剧团，受旧戏的影响，她总觉得自己一旦嫁人，便跟那个人好歹要过一辈子；也不是为了追求和讲究男贞女洁，但尽可能要让人背后没有话说更好。人的嘴是堵不住的，尤其是剧团里的人嘴。谁都会说她是找不到男人，才嫁给一个离了婚的人。况且那五岁小孩的妈妈应该怎么做，她也实在想象不出。张英觉得自己已经成了剧团里议论的中心。

从馄饨店出来，一上大街，张英远远地看见人行道上，一辆三轮摩托卡翻倒在上面。她不想立刻就回家去，因为她觉得剧团里现在就等着议论她了，于是便挤过去看热闹。一个交警正用皮尺在地上量着什么，她看了一会，什么都不懂，只知道出了什么事故，没有死人，看看手表，是中午了，于是决定回去。

传达室的老头要她带封信给同寝室的吴茵。一看信封，一看那龙飞凤舞的字迹，张英就知道这是吴茵对象之外，最好的一个男朋友寄来的准情书。这准情书的字眼是吴茵自己说的，她曾给她见识过一页，的的确确有些那个，用的都是烫眼的字。张英把信揣在兜里，正要上楼，见刘洁洁的自行车靠在一边，知道她在上面等自己，因而突然间改了主意，不上楼，直接往排练场去，见里面灯亮着，老魏正在加班做道具，便进去有看无看地瞎看。

老魏正在用包装泡沫做磨子和脸盆，做得很像。他不声不响地做，张英便在一旁不声不响地看。临了老魏问她为什么不去睡午觉，张英随口扯谎，说吴茵的男朋友在那里。老魏也不多问，继续做，张英又磨蹭了一会儿，算算刘洁洁该走了，便回去睡午觉。

刘洁洁的自行车果真不在。吴茵已经睡着了，帐子也没下，露出半截胳膊在外面。张英悄悄地放下自己的帐门，蹑手蹑脚地去了趟厕所，钻进被筒，一看手表，都快两点了。自从今天起床以后，张英觉得自己直到这刻，才算相对平静下来。伸手在发烫的脸颊上摸摸，湿漉漉的竟淌下两行热泪，她发现自己早就应该痛哭一场，陡然间，委屈，悲伤，满肚的不高兴，以及各种各样的杂乱情绪一起涌了出来。她无声地哭了一会，心里觉得好过多了，又把今天的经历放录像带似的重播了一遍。一时又激动起来，她暗想今天的午觉一定睡不成了，谁知不一会儿，就轻轻地打起呼来，睡得很沉，很甜。

吃了晚饭以后，吴茵问张英："小张，你几点钟去看电影？"

张英摇摇头，说自己不去看，剧团里发的票，她早就送给别人了，见吴茵脸上全是遗憾的表情，便反过来问她去不去。吴茵笑着说她已经约好让小金晚上到这儿来。小金是吴茵的对象。张英忙说："我晚上要看电视的，你们在这好了，今天晚上电视说是不错。"

实际上今晚的电视并不好，唯有一部蹩脚的外国片子，张英过去已经看过两遍。剧团里的公用电视机就放在饭厅里。现在一般家庭都有了电视机，因此在这看电视的除了住集体宿舍的，便是几个来修房子的农民工。电视屏幕上老是出现接吻的镜头，农民工便在下面起哄，说下流话，几个和张英有些熟悉的农民工，故意和她搭腔，你一句我一句地用不三不四的话来撩她。张英想骂他们不要脸，但是她只能永远想这么做，而永远也不会真这么做。她不是个性格刚烈的女子，不会也不想使人难堪，使人下不了台。虽然这种性格几乎使她吃了大亏，几乎使她丧失名誉，但她仍然改不了这种性格。软弱好像卡介苗似的早就注射在她身上，它使得张英灵魂深处每一个细微的抵触情绪，都遭到排斥，遭到反抗。

张英临了还是没有把电视看完。她身边有伙房的钥匙，因此开门进去看了一会报纸。从伙房出来，她又到东面的一株腊梅树边坐了一会，那儿正好有个石礅子，很黑。张英坐在那里不看别人，别人也看不到她。直到电视完全结束，看电视的人从饭厅里一哄而散地出来，住户的家里纷纷重新打开电灯，她才想到现在可以回宿舍了。

小金照例没走，他是附近医院的医生，值惯了夜班，这会儿精神依然很好。满地都是瓜子壳。吴茵的头发十分零乱，衣领敞开着，笑着招呼张英吃瓜子。张英吃了一会瓜子，看着吴茵和小金尽可能地放肆亲热。吴茵是个颇具浪漫性格的女子，她在张英面前所以还有些收敛，倒不是怕难为情，而是担心引起张英老处女似的形影相吊的情绪。小金走了好一会儿，两人洗脚洗脸收拾干净，张英这才想到吴茵的一封信还在自己口袋里。吴茵上了床，舒舒服服地在被筒里坐稳了，带着既同情又有些歉意的心情打开信，一边读着，一边笑着叹气。

4

剧团里，有一阵几乎都把张英这个人忘记了。等到一听说张英要结婚了，于是大家又使劲地谈起张英来。

突然常常使人感到意外，但同时又能使人得到兴奋。张英的婚事仿佛使每一个人都感到了快乐。也许大家觉得有一个叫张英的女人，在三十二岁的时候，终于找到了一个归宿，这不能不说是件该庆幸的事情。也许大家认为这个人奇特的婚事，给他们自己平淡无奇的生活，注入了新的激素，这包括无尽的新话题和丰富的猜想欲。总之，剧团里突然间有了过年过节的气氛。

消息灵通人士，完全有信心断言他们比新娘知道新郎的事更多。一对新人的蜜月刚刚开始，他们已经探听到了新郎是青海某地某处人。他们知道这个青海人当过驾驶员、供销员，并在高原上放过马，知道他就是在放马的时候和一个女人同居，生下现在那个叫超超的小孩。他们还知道这个青海人很有钱。

凡是一个局外人力所能及打听到的新闻，剧团里的人都知道了。

张英曾担心大家会议论她不该嫁给一个有小孩的男人，会因此更看轻她。然而这一次她的担心落了空。几乎所有的人都觉得这婚事十分般配。剧团里百分之九十九的人，都和张英无仇无怨，犯不着为这事和她作对。男人们觉得三十二岁的女人本来就只该找一个鳏夫，况且离了婚的男人和离了婚的女人不能相提并论。女人们也有自己的观点，首先并不是她们本人身入其境，而且通常的情形下，女人总是同情那些她们自信不如她们的女人。这个青海人高大的身材和很不错的相貌，在剧团的女人看来，已经是对张英以往和现在不幸的最好补偿。

婚事进展十分顺利。房子问题几乎一开始就得到了圆满的解决。副团长黎文艳主动把准备给自己儿子结婚的新房子让了出来。虽然她儿子本来就是团里的演员，虽然她也是个蛮有名气的小生，无论从哪个角度来说，这房子都是受之无愧，然而她还是让了出来。

她自己结婚很迟，因而知道老姑娘是怎么回事。

接下来便是家具。张英首先想到要有一张舒适的床。这是她死去的妈妈告诉她的，人生一世，有一半的时间在床上度过，因此若结婚，一张床绝对不能马虎。青海人带着她到全市的商场去兜，打定主意去弄一套最高级豪华的家具。正好一家展览馆在展销家具，他们花大价钱订了一套，第二天便有卡车送到了剧团门口。剧团里有好多热心的人帮着干活，尽管新家具不是太重，但是王至强他们还是累得一个个直冒汗。

青海人无疑是个神通广大的人。他几乎没费什么精力，不过写了几封信，挂了三个长途，便把自己的户口大老远地从青海迁了过来。时间是在蜜月过后的第二个月。剧团的人都很吃惊，因为哪怕是省长的儿子，调回南京也不会有这么便当。不多久，又弄到了一副煤气炉灶。谁都知道，在南京这几年搞个煤气灶，比找个老婆都难。

人们不能不对青海人刮目相看。陆陆续续地，都借机会参观了他们的新房。虽然只是一个小套，却布置得井井有条，豪华的家具，上蜡的漆地板，一系列带"电"字头的奢侈用具，显得剧团里的其他人家，仿佛是处在贫民窟里。

至于张英，除了用"满足"，找不到别的字眼可以形容。家庭建设的现代化，高度的物质文明，这使她的虚荣心得到了满足。更重要的是，她找到了一个久已在找的、可以崇拜的男人。这男人便是她理想的归宿。结婚之前，她甚至想到要像剧团里其他女人一样，驾驭住自己的丈夫，然而蜜月一开始，她就发现自己已经把整个身心都交给了他。时间有时会往反方向发展，她仿佛一下子年轻了十几岁，虽然她的丈夫常常做出不容她过分亲近的样子，可是她免不了要做些太天真太笨拙，以致和她年龄不符的举动来。她的丈夫肩膀很宽、很厚，这一点不能不让她感到得意，因为这才是真正的男子汉的肩膀，这肩膀可以承担下一切。多少年来，她不是一直在找这么个肩膀吗？真正的男人都有脾气，因此她的丈夫也不例外，他几乎不满意她做的一切。她做的菜肴，他嫌味道不好。她洗的衣服，他嫌不干净。总之，一旦丈夫太能干了，就只好把一切都承包掉，而张英的责任，似乎也只有陪着超超哄他玩。

这一天，青海人拎着满满的一篮菜回来，沉着脸说："小张，明天有两个熟人要来吃饭，我菜已经买好了，你看着超超，我先把鸡杀了。"她陪着超超在房里玩了一会儿，又带着超超一起出来看丈夫杀鸡。他杀得又快，又干净利索，转眼间鸡毛没了，开膛破肚，捧出一串小鸡蛋来。张英好像和超超一般大，在一旁看着，既惊奇，又佩服。

第二天来的两个人是一对夫妇，带着四个多月的吃奶孩子。他们是张英丈夫在青海时的朋友，几年前先调回南京，这次他能这么顺利回南京，主要就是这两个人帮忙。那男的相貌平常，中等个子，说话总是很诚恳的样子。他对新房煞有介事地评价了一番，既有批评，又有赞赏，言谈之中，处处显出他是这家主人的好朋友。那女的约莫三十岁，穿一件洋红的兔子毛开衫，抱着孩子极端庄地坐在沙发上，一言不发。她的脸盘子很秀气，一张十分小巧的嘴，坐在那里，眼角眉梢都是一种说不出的表情。

"噢，这一阵球赛都看了吧？"

两个男人谈起足球来。小超超跑过去逗那小孩玩。女客人细声细气地问超超喜欢不喜欢这个小妹妹。超超眯起眼睛想了想，说："喜欢。"

张英觉得自己插不上嘴，便聚精会神听自己丈夫谈足球。她从未看过一场完整的足球，也不知道那么多人围在一起争一个球有什么意思，但是她乐意听丈夫和人家谈足球。她喜欢自己丈夫和人家谈话时的表情，她喜欢他那说到一半不说了，仿佛在思考的神态。张英总是偷偷欣赏自己的丈夫，哪怕是在别人面前。

突然间，小孩子大声哭起来，把超超吓了一跳，张英看见自己丈夫回过头来，看了看那小孩，脸上似乎有一丝不高兴。女客人连忙解开衣服，给小孩喂奶。只听见"咂咂"的吮奶声，房间里一时很静，大家都停下来看小孩吃奶。张英忽然间有一种很难说出来的情绪。这女的胸前敞得太开了，张英只觉得白晃晃的有些耀眼。自己丈夫就和这女的合坐在一张长沙发上，这刻正侧着头看走了神，张英心里不许他这么看，但又没有办法不让他这么看。

鸡前一天就烧好了放在冰箱里，今天只要拿出来热一热。冷盘热炒，全是张英丈夫的手艺。四个人喝了两瓶葡萄酒，其中有一瓶是张英丈夫一口气喝下去的。饭后不久便是送客，直到送出房门到了楼梯口，张英才知道来人中男的叫大卫，女的姓许，叫淑贞，是一个最普通的名字。

大卫说："小张，有空到我们家来玩。"说着伸出手，摸了摸超超的脑门。然后发动停在楼道口的"铃木"，许淑贞抱着小孩坐在后面，回过头来把下巴扬了扬，"铃木"开走了。

这一天青海人似乎很不快活，张英不知道为什么。她想起许淑贞临走时扬起下巴的神态，还有那丰满的白晃晃的胸脯，心里不是滋味，也快活不起来。

5

新婚最初的几个月，张英觉得自己的不幸，莫过于怀孕。蜜月结束的那一天，青海人说："小张，我们已经有个小孩了，不想再要了。"张英说："可是我们还可以有一个呀！"她已经打听过了，独生子女的基本国策，并不妨碍她再生一个。然而青海人坚决表示他不准备再要小孩。

又过了一个多月，张英发现自己有了孕。"怎么搞的，我已经说过了，我不要！"青海人光起火来。丈夫这么不近人情，张英只有哭一场，哭到临了，扬起泪汪汪的眼睛，可怜巴巴地看着他："我都听你的好了！"

"那好，我明天陪你去医院。"青海人说得很干脆。

张英不知道丈夫为什么不要小孩。他也不像是特别地疼爱超超。有时为了丁点小事，他会像审贼似的揍小孩。从医院回来，张英躺在床上，一边吃丈夫亲手炖的鸡汤，一边怪他心狠。他却说："心狠才好呢，你现在不懂，以后就晓得了。"

她没有去多琢磨这话是什么意思，只觉得丈夫脾气太拗、太怪，而她却又不能不喜欢这拗脾气、怪脾气。怎么办呢，兴许在青海那苦地方待过的人，都是这样。张英想象中丈夫在那边一定吃了许多苦，因此认为自己凡事都应该让着他，由着他的性子。

她开始拼命地给超超买玩具。只要是超超喜欢的，无论多贵，买起来都不心疼，上星期刚买了个电动火车，这星期又买电子钢琴。青海人看看实在不像话，悻悻地说："该死，他若是要买月亮，你也给他买？"

张英说："我不买，他赖在地上不起来，有什么办法？"

"你倒是不会打呀？"

"你就知道打！"张英分明是说谎，超超从来不赖地的，因此顽皮地笑。

"你他妈的真有手段，"青海人笑着说，"我的儿子都快要成了你的儿子了！"

张英忽然间不说话了，低着头。

青海人自觉失言，掩饰性地把超超叫到自己跟前来教训。"超超，你他妈下次再吵着要买这买那，我打断你的腿！"

超超老气横秋地看着老子，知道他不是真发火，学嘴道："我打断你的腿！"

"你他妈的还学老子！"

"你他妈的——"超超看老子手扬起来了，慌忙躲到张英怀里去，"阿姨，阿姨。"

超超这时喊"阿姨"，又触了张英的心病，一伸手，把超超推了出来，嘴里念道："我不管，我不管，找你爸爸好了。"超超不知所措，呆呆地看着她。

"超超，你过来，我有话跟你说。"青海人把他带到外间，悄悄地面授机宜。

过了一会儿，超超跑了进来，一副激动的样子。张英坐在床沿上，不多的气早就消了。超超一把抱住她的脖子，悄悄地说："原来你就是我的妈妈？"

张英有些莫名其妙，抱紧了超超，怕他摔下来。

"爸爸说，因为我不乖，所以，所以你就不告诉我，是不是？"

张英点点头。

超超高兴地笑了，抱紧了张英的脖子，骑马似的前后摇着："我早知道了，你就是妈妈，你和别的阿姨不一样。"张英一把搂紧超超，泪珠子滚了下来，超超却还在问她很久很久以前，她到哪里去了。

这天夜里超超睡着了，张英凑到青海人的耳边，埋怨说："我们都结婚半年了，你还没说过爱我呢！"

青海人笑着说："这有什么好说的，又不是演电影做戏。"

张英说："反正我喜欢你。真的，你知道我喜欢你什么？"

"喜欢什么？"

"什么都喜欢。"

"又要瞎说八道，我有什么好被你喜欢的，再说我这个人也并不好。"

"你坏我也喜欢！"张英一个手肘在枕头上撑得有些酸了，便把头枕在青海人的肩膀上，"我最喜欢你天天拎着一网兜菜进来，让剧团里的人都看见。"

"为什么？"

"人家便说你听我的话。"

"哪来的这些傻念头！"

"我们这儿的男的都怕老婆，什么事都是男的乖乖地做。"

"是呵，我不也是一样？"

"你是假的，"张英抬起头来，这次是用两个手肘撑在床上，"我知道你全是假的，你才不会一丝一毫地怕我呢，不过假的我也够了，也够了，真的，我好喜欢你哟。"

青海人叹了一口气："唉，你脑子里尽是些傻念头。"

夜深人静，远处有火车开过的声音。

“今天你精神怎么这么好？”这一次是青海人发问。

“我不想睡。”

“你这人全是孩子脾气。”

“我才不是孩子呢。你，你。”

“怎么了？”

“你应该把青海的事，告诉给我听听。我知道的，都是人家说的，都是人家知道的。”

“这有什么好知道的，又不是什么可以让你快活的事。再说，你以前的事我也不知道。”

张英说：“你不说拉倒。我以前有什么事呀？”青海人说：“对了，我给你看个东西，在我这已经几天了，我老忘了给你看。”说着打开落地灯，翻身下床，从衣服口袋里摸出一封信来，递给张英。这是一封匿名信，信上暗示张英婚前生活不检点。张英戴上眼镜，看了一会儿，脸顿时气得发白，一时不知如何申辩，只等着青海人问一句，好答一句。

青海人说：“看到了吧，你还老跟你们剧团的人学这学那，妈的，你们剧团里的人都不是东西。这种玩意，只有唱戏的人才写得出来。幸好我不是头一次结婚，多少还有点经验，你也不用气成这样，好，睡觉吧！”

6

剧团的工作带有流动性质。虽然有个像模像样的剧场，但是还得不断地下乡巡回演出。现代市民喜欢的是轻音乐会，听流行歌曲。才子佳人的老戏，只得到农村去找市场。况且这年头一承包，农民手头富裕了，要盈利赚钱，也只有看中农村这块地方。

张英结婚半年了，剧团要到附近的几个县城巡回演出。

"妈妈，你干吗理包？"超超看张英心思重重往旅行包里塞衣服，"妈妈，你是不是要去坐火车？"

张英说："妈妈要到好远好远的地方去。"

"我也去，妈妈。"

张英放下包，坐在床沿上，拉过超超，用两个腿夹住他，深情地看了一眼正在做其他事的青海人。"超超，你不能的。我问你，你要不要妈妈去？你不要妈妈去，妈妈就不去！"她这话其实是说给丈夫听的。

超超眯细着眼睛想了想，说："我不让你去！"青海人走过来拉开超超，不耐烦地说道："你和他啰嗦些什么。哄孩子也没有这么哄的。他不让你去，你就真的不去了？"

"要是你真不让我去，我就不去。我去混病假，病假混不到，我请事假。我守着你。"

"守着我干吗？我又跑不了！"

"我知道，你心里要我去。"

"你本来就应该去嘛，什么叫我心里要你去，真有点滑稽。"

"我去了，超超怎么办？"

"不是说好了吗，放幼儿园，你这人怎么这么黏糊糊的？"

"我舍不得你！"张英猛地说了，有些不好意思，抱过超超来亲他。

青海人对着她看了好一会儿，过来帮她理包，把衣服塞进旅行包，拉上拉链。又走过去拉开大橱门，几件衣服滚落下来。"看你，我理好了没几天，又乱了，天下哪有男人老帮女人整理衣服的道理？"张英听了乐滋滋的，喝了蜜似的，忘情地望着自己丈夫。青海人把一堆乱衣服统统抱出来，一件一件叠好，整理到张英的红胸罩和尼龙小裤衩，恨恨地说道："我一见这东西就有气，你们这剧团里的女人最难过了，透明的衣服里面衬着这玩意，一副荡样。你竟然也这样！"

张英委屈地说："我是为你才穿的，你没看这都是新的。"

青海人笑道："还为我呢？第一次、第二次和我见面还不错，第三次，好家伙，那身连衣裙薄得像层纸，再装备上这两个玩意，差点没把我吓跑掉。"

张英也笑了，轻松地说："我把它烧掉就是了，你不喜欢，我一生一世也不会再穿。"

这次巡回演出，计划是一个月。半个月刚过，张英觉得自己已离开家几年。她晚上做梦，老梦到超超。超超说："妈妈，你快回来吧，你快回来吧。"在白天，在临睡前，她总是发疯地想自己的丈夫，想他那宽阔的肩膀。一想到他动不动就要生气的神态，她常常要忍不住一个人暗笑。她想给他写封信，但是一直不敢写，一来她的字太难看，二来她的好多想法写不出来，也写不好。她只有不断在心里假想给他写信。

食堂里的师傅自然要拿她取笑。过去她是姑娘，有些话不好说，有些话不便说。如今时过境迁，姜太公在此，百无禁忌。只恐想不到，不怕说不出。炊事班长顾师傅是个六十岁往外数的人，老没正经，胡子都白了，还是三天两头地剃个不停。近水楼台，肉腥味闻多了，顾师傅难免油光满面，胖得弯不下腰来，他的心并不坏，只是爱在女人身上占点便宜，一有机会，总忘不了在人家胸前背后，是地方就抓一把，拧一下。和他闹惯的女人都骂他骚种，并不顶真。老头子的菜烧得不错，给起来的分量也不错。

剧团这时候正好在句容演出。从句容到南京，也不过四十来公里。顾师傅说：

"小张，你这脸色怎么搞的？"

当时大家都在拣菜，准备中饭。谁都知道顾师傅话中有话，一起会意地笑。张英知道狗嘴里不会有象牙吐出来，低着脑袋不吭声，心里有数，只要一搭腔便没有完，而且她心里正想着另一件事。

"是呵，这想男人的日子可不好过，"顾师傅似乎是在对众人说，弯下腰找拣菜的剪刀，他明明看到就在张英脚跟前，磨蹭了一会儿，过去拨开张英的腿，趁机在她膝盖上抓一把，嘴里泛泛地说道："其实男人还不一样？"张英触电似的抖了一下，差一点发作起来。这行为她这环境里见多了，但在自己身上，还是头一回。她想这事若告诉自己丈夫，非把这老骚狗揍得半死。当然她绝不会这么做。她不想得罪炊事班长，也不想让他下不了台，更不想让大家说她为这点点小事大惊小怪。何况，她这刻正要求着这老头子呢。

"小张，我跟你讲，这还不好办，你要是真想男人想得难受的话，南京到这儿就这点路，你请一天假不就得了吗？怎么样，我批你的，说话算话。"

"好，我请一天假，吃了中饭我就走，"张英早已去长途汽车站看过，一点二十分有班直达南京的车，心里一直在盘算着，正等着顾师傅这句话，"你说话要算话。"

顾师傅只是随口说说，没料到张英盯得这么紧，犹豫了一下，想想落得顺水推舟，一咬牙，说："好，批就批，明天一定要回来的。想不到你小娘们一结婚，也变得厉害了，倒吃你一记亏。"

句容到南京，一个多小时就到。张英到晚了一些，没买上对号票。车开出去半天，一个热心的年轻人站起来让坐，张英不肯坐。两人相持了一会，挤着一起坐了。这一路都是上下坡，汽车像是航海的船，张英不禁感到有些恶心。只要汽车行驶平稳，她便想到自己突然出现在家里可能会有的场面：超超一定奔过来抱住她的腿，然后拼命往上爬，又裹紧她的脖子；丈夫一定还是那副无所谓的样子，真正的男子汉非要装得什么事都不肯激动，他心里甜滋滋的，嘴上还说不定要怪她，说用不着回来的假话。小别犹如新婚，张英觉得自己心里现在比蜜月里的日子还甜。晚上一定要他为自己做最爱吃的东西，她对自己说着，她要他为自己烧奶油蘑菇菜心，烧罗宋汤，其实这些只是她丈夫最爱吃的东西。

汽车中途抛了一次锚，幸好耽搁得不是太久。今天是她丈夫工休的日子，这一点她早就计划好了。青海人每周都在休息的日子里睡一次午觉，通常是吃了饭看会儿闲书，然后一直到快吃晚饭才爬起来。去公园，逛商店，看电影，这一类都市嗜好，他似乎一尘不染。张英知道他有个极大的乐趣，这就是在休息天晚上看完一本小说，平时绝不看书。他喜欢的是侦探小说、侠义小说、公案小说，以及杂七杂八的从地摊上买来的书。有时候太晚了，她便说："还要看，天都快亮了。"于是青海人关掉灯，睡觉。他从来不要她喊第二次，即使时间还没到十二点。

到了剧团门口，张英才发现自己原来是空着手的。她转身又往附近的商场走去。青海人不会计较礼物，但是总该给超超买些什么。她买了个儿童足球，又去买糖果。到了烟酒柜台，一时心血来潮，她叫售货员给她拿了两瓶葡萄酒。这酒是甜的，超超也能喝，她真愿意看自己丈夫咕噜咕噜一口气把一瓶酒喝下去的豪爽气概。

剧团里空无一人，除了看门的老头和她招呼了一下。楼上的窗帘拉着，说明青海人还在睡觉。大楼前停着一辆"铃木"，这车子她已经见过几次，并不介意。上楼时，她的心情十分平静，匆忙奔走后的疲惫，使她想到立刻就有个舒适地方可以靠靠的欢乐。钥匙已经摸出来了，轻轻一转门便打开，房门亦未锁上，迎面大橱的玻璃镜，把房里一切都送到张英眼里。

张英就听见有人在她心里轻轻地惨叫一声。她不知道自己是怎样把门带上的，怎样像抢东西似的拔下钥匙，怎样冲下楼，怎样穿过宽敞的剧团大院，只记得传达室的老头吃惊地看着她，把一张嘴张得多大。她匆匆往大街上走，小足球、糖、两瓶葡萄酒交替地撞在她的膝盖上。她跳上一辆最先来的公共汽车，无目的地买了一张票。汽车上人很挤，她木桩一般地站在那里，脑子里轰轰响，仿佛突然中断了讯号的电视屏幕，一片空白之外，还有无数个发亮的小点子在闪。

汽车到了终点站。张英又往回坐了两站，茫然地下了车。她不知该往何处去，也不认得这是什么地方。她只想往人少的地方去，往没有人的地方去。走过了一根电线杆，再走过一根电线杆，又走过一根电线杆，她终于忍不住，靠在墙角的一株梧桐树上，痛痛快快地哭起来。过路的人围了过来，先是一个两个，很快便是一群，她只顾痛痛快快地哭，越哭越伤心，直到有人出来干涉，说是送她去派出所，她才匆忙冲出人群，甩开尾随的好事者，跳上远处驶过来的公共汽车。

天很快黑了。这是个阴沉沉的黑夜，没有月亮，没有星星，甚至连一丝丝风都没有。张英不停地换地方，只要没有人，她便是哭。夜深了，张英不敢一个人待在街上，只好去坐在长途汽车站的候车厅里。大厅里空荡荡地，并没有几个人，她全无表情地坐在那里，手空着，儿童足球、糖、葡萄酒，不知道被她遗失在哪里，张英只觉得自己的心碎了，没有了，就像那不知不觉中遗失的儿童足球、糖、葡萄酒一样。

7

剧团里充满了一股愤怒情绪。几年前一个家属动手打了他的老父，老父一气中风身亡，也出现过类似的情绪。张英在汽车站坐了一夜，坐次日的头班车赶到句容，剧团的大部分同事还没起床。她不是个有主意的女人，因此绝对不知道这事究竟应该怎么办。她花了更多的时间，来希望这件事不是真的，虽然这件事根本不可能不是真的。这一天是阴天，雨老是下不下来的样子。张英终于想到了领导，想到了组织，在过去，总是这些人主动找到她，而现在，她发现自己是第一次想去找他们。

于是这件事临了在剧团里传了开来。尽管黎团长认为这纯属个人私事，主要应该由当事者自己处理，旁人不得过多干涉，但是剧团里大多数人和其他领导，基于人道主义立场，以为绝不可袖手旁观。既然国际上都提倡帮助弱小民族，为什么在剧团就不能关心一个不幸的女子。当然男女之间的勾当，可以给旁观者一种无名的兴趣，但是剧团最初出现的那一阵激动，无疑和这没有丝毫关系。

最愤怒的是剧团里的女人。她们身外的一个人所受到的污辱，使从来勾心斗角的女人联成一气。要是一对婚后生活十分长久的夫妻，或者牛郎织女，一南一北，这事倒是可以别有他论，然而一个男人，竟在新婚过后第一百九十九天，便和另一个女人同床共枕。即使无缘无故扣发三个月的奖金，即使忘恩负义的越南人又在边境上闹事，反正在过去一切可以令她们生气的事情，都不足以引起现在的这种冲动来。她们不免因为恨一个男人，进而恨所有的男人包括她们自己的，不过同时也带着一种普遍的庆幸心理。

至于剧团的男人，就比较难说清楚。首先他们没有女人的切身体会，因而各种各样的复杂情绪都可能产生。义愤填膺的，大有把青海人揪出来揍一顿为快的意思。无动于衷的，觉得这事远没有法制小报上故事来得刺激；想象丰富的，回味起某个月夜里伸向三楼的竹梯，自然而然地把这事当作是自由集市上的公平交易。还有一种人的心情最复杂，既幸灾乐祸，因为青海人仿佛为最坏的男人作了下限，反衬出了他们对爱情的专一；又望洋兴叹，自愧不如，这是猫吃不到墙上挂的鱼，或是没胆子吃桌面上菜的情绪。最后一种人普遍都怕老婆，却又都不甘心对自己的女人过分忠诚。

巡回演出终于结束。愤怒的剧团，或者准确地说是激动的剧团，浩浩荡荡地回到南京。好像事隔了很久一样，张英所想象中自己应该有的愤恨，已经不知不觉地换成了害怕。虽然有无数人、无数遍地为她打气，她仍然觉得那青海人会关起房门来，理直气壮地把她打一顿。哪怕到了紧急关头，张英也从来不会忘掉失去主见，她听从一切人的劝说，打算照所有的人的意见去办，而这里面有好多意见，仿佛一开始就是水和火，根本无法共存。

几个青年男演员，像保镖似的护送张英回去。这是剧团里的房子，是张英的家，而那个青海人和他的私生子，完全可被义正词严地驱逐出去。这几个气势汹汹的年轻人在楼梯上一再重申，他们绝不打架，然而张英免不了还是害怕。天知道会发生些什么事呢。虽说男演员每天都要练功，多少都会点绣腿花拳的功夫，可是青海人绝不会是个很讲道理的人。动起手来，虽说不能肯定谁吃亏，但要叫张英不想到青海人宽阔的肩膀也不可能。这肩膀从过去到现在都叫她发怵，不过过去是爱，现在是怕。

幸好青海人不在。张英跟着大家重重地舒了一口气。房子里依然干净整洁。深秋已经到了尾声，电冰箱依然用着，他们刚进去，正好听见机器启动的颤声。这房间里的布置，原来是剧团里现代化生活的样板，如今已成了现代化生活的讽刺。

青海人久等不来，这些人终于不耐烦地失去信心。几个人中，只有王至强的老婆不在家，这女人随单位去支援深圳，半年以后才得回来。于是商量让王至强留下陪张英，他们回去吃饭，顺便向老婆小孩报到。王至强不知道青海人何时回来，走也不是，不走也不是，硬着头皮坐在沙发上，勉为其难。既坐下了，少不得要找些话说。他也不管张英是否在听，趁机说了青海人几句，又对离婚的程序做了暗示性的提示。他自信自己的话入情下理，绝无半点私心。

就在这时，青海人推门进来。超超激动地奔向张英。张英和王至强吃了一惊，忘了站起来，但给人却是一种十分镇静的印象。也许是漆地上纷乱的脏脚印使青海人感到恼火，也许是因为张英和王至强坐得太近，青海人脸上出现只有木刻才能表现的神情，这神情是暴风雨即将来临的预兆。空气忽然间紧张到一点火就可以爆炸。王至强不敢站起来，因为只有面对面地站着，才能算作是两个男子汉正面冲突的开始。他并不是胆小，但确实胆子也不大。计划中该来一番慷慨激昂的演说者都已经回家吃饭，王至强只是个陪客，他没有这方面的心理准备。他不知道该说什么，只好让青海人先说。

青海人自然不会说什么好听的，他看了看张英，冷冷地说："我能不能请这位专演小白脸的家伙出去？"这句话不能算客气，但对青海人来说，却意味着不能再客气。

王至强再有涵养，也只得跳起来："什么？我出去？这是我们单位，这是张英同志的家。"

青海人似乎不太懂他的话，全无表情地看着他。王至强想他大约是给慑住了，或者说还算懂得给面子，嘴里想说："你小子算什么东西，欺负我们单位的张英，我们领导不会不管的，法院也会站在我们一边，你神气什么？"但是不愿意说出来。这话既轮不到，也犯不着他来说。况且青海人的脸色突然又不好看起来：

"请你出去！"

这话已经不是在协商。王至强肚子里除了一句"这不是你一个人的家"，再也没有别的货色好讲。他示弱地瞪着青海人，希望张英出来干涉，说两句公平的话。然而张英早就吓蒙了，她印象中这两个人早打了起来。

青海人的高大，衬出了王至强的矮小。同样，王至强的体弱，更说明青海人的健壮。

青海人又说："我数一、二、三，如果再不出去，你等着我把你腿给卸下来。"这是十足的流氓腔调，好人不跟恶鬼斗，王至强一边想到青海人迟早要后悔，一边往门口走去，临出门，想到了张英。"小张，你在那儿干什么，走！"张英也突然想到自己一个人留下来的危险性，推开超超，慌忙跑出去。

三天以后，法院收到了张英的离婚起诉状。这是好几个善于出谋划策的人共同起草的。五天后，法院立案受理。到第九天，被告人收到了法院送来的起诉状副本。按规定，被告人必须在十五天内提出答辩状。青海人不愿提出答辩状，但是这并不能影响人民法院审理。

法院进行的第一步工作，是调解。调解就得找男女双方的领导。男方的领导借口青海人才到他们单位，种种情况皆不熟悉，而且被告态度强硬，拒不合作，因此建议多尊重女方单位的领导。女方单位本来是出面的，所以义不容辞，所谓调解说服工作，成了单方面力主离婚，成了为原告申冤泄愤。对于剧团的人来说，这事的意义，似乎已经超越了对一般风流案子的处理范围。这里面牵涉到一系列道德问题：首先青海人否认了前期事实婚烟的真相，接下来又以玩弄意味的结婚作为工作调动、户口调动的跳板；奸情只是道德败坏的必然恶果，而道德败坏必然引起一连串的恶性循环。离婚既是对被告不法行为的惩罚，同时也是对进一步恶性事件的中止。

当然风流事件有它的自发性，有它对传统的继承性，剧团的领导从来没有把这一次风波看作是第一次，也不准备把它归结为最后一次。然而基于剧团要经常流动，演员工作悠闲和气质特点造成的热情过剩，正确处理好这一事件，却有下不为例或稳定军心的作用。

8

离婚比结婚难得多，这道理正好和用绳子打结再解开相仿佛。

离婚是剧团里的一致观点。虽然这观点只是少数几个出头露面者的意思，但是在众人默不作声的情形下，仅有的呼声，便有了公众舆论的意味。

只有黎副团长自始至终持有异见。她的想法可以分为两部分。前一部分和老魏一样，离婚既然如此烦难，不离婚就是最好的解决办法。死结打不开，只有不打。后一部分是黎副团长自己的，这就是离婚毕竟是件不光彩的事，尤其是对女人，况且一日夫妻百日恩，女人吃点亏也就算了。这观点陈旧得像是个白胡子老头，又仿佛是旧戏中的道德说教，骨子里是嫁鸡随鸡，嫁狗随狗，嫁块石头抱着走的封建劣根性。身为女人而不为女人说话，却反过来劝女人吃点亏，这无疑是现代社会中，对男女平等的一种反动。

可惜张英偏偏喜欢和黎副团长待在一起，并且，随着时间的推移，这种倾向日趋明显，虽然张英从一开始，就没有打算听黎副团长的半点意见。法院调解人和张英第一次接触，就发现这人有些莫名其妙，几乎什么样的意见，她都真心诚意地准备接受，而实际上根本不可能接受。这多少是个棘手的问题，因为当事人毫无主见，每一个出主意的人，要么和放屁一般，白白地说了一大堆，要么，便免不了担风险。

这一天黎副团长去找青海人，一来取一些张英必需的生活用品，二来有心说几句多余的话。她特地选了青海人休息的日子。房间里果然像众人议论的那样，干干净净，漆地上照得出人影。那个叫超超的小孩正跪在靠背椅上，手肘撑着方桌看小人书。

"小张到底有什么不好呢？"黎副团长敷衍了几句，百思不解地问道："莫非你嫌她相貌不好，又矮又胖，要不便是——"

青海人脸部表情十分严峻。这不是一张听得进意见、受得起教训的脸。然而黎副团长的话，使他无言以答。

"我是老了，说句不中听的话，也知道合不了你们年轻人的心思的，但是话说回来，你也该想想，你这么做，不说别的，你想想小张多难做人。"

青海人站了起来。黎副团长以为他是不愿意听，或是打算赶她走，却见他去沏了杯茶，恭恭敬敬地端给她。青海人的确谈不上对她有什么恶印象，他知道这小套房子就是她让出来的，而且是在完全可以不让的情况下。

"我们这单位的风气，你又不是不知道，何苦一定要弄得用离婚来解决。你赔个礼，道个歉，这事不就完了，夫妻哪会记仇一辈子的。年轻人，不能动不动就离婚。再说，弄不好，你又要回青海，何必呢？我想想小张对你也不能再好，你想想她哪一桩事不依你，你不要小孩，她便到医院去引产，上环，真是，哪一桩事不尽量地称你的心。你想想，你凭良心好好地想一想，真是，你到哪儿去找这么好的傻姑娘哦。"

说到临了，黎副团长也不知道青海人是否在听。他似乎听进去了，又似乎什么也不在听。有好几次仿佛要辩解什么，或者解释什么，但他最后还是一言不发。他的嘴上好像上了把锁，谁也不知道钥匙应该到哪里去找。他不合作的态度几乎令所有的人感到为难，没有人猜得透他的葫芦里卖的是什么药，甚至法院的调解人员，也只能听到"愿意离婚，愿意回青海"这两句结论性的话。

于是各种情报，只有从旁的途径才能得到。消息灵通人士，又一次大显身手。有关第三者的情况，渐渐传播开来。这个无耻又不幸的卷入者不是别人，而是超超的生身母亲。这消息使剧团的很多人感到震动，虽然也有人说他们早就猜到是这么一回事。这女的和青海人一同在南京上过中学，以后又一同去了青海。有人说青海人向法院表明坚决离婚，并要求和超超的母亲恢复关系，而对方则表明反对，理由是她和现在的丈夫也有了小孩。有人说是恰恰相反，是女的死盯着青海人不肯放，硬逼着他和张英离婚，言下之意，青海人身上对女人有一种特殊的吸引力。也有人说，这本身不过是个闹剧，青海人和张英结婚时早订有君子协定，离婚只是计划中的一个步骤。

人言可畏，可畏人言。张英认为天底下是自己最难做人，因而也不知道究竟怎样才能做好。老实人不吃亏，这话似乎永远是占便宜的人讲的。离婚的事，老是没有着落。张英有家难归，只好又去住集体宿舍。天逐渐冷了，剧团的农民工天天要用暖瓶的热水去浇开露天的水龙头。夜深人静，张英时常从梦中冻醒过来，虽然被子厚得不能再厚，虽然临睡前总泡上两个滚烫的热水袋。离婚本来是对青海人的惩罚，然而遭罪的是张英。原来的目的是保护张英，得便宜的反倒是青海人。离婚根本就不像个有眉目的样子，也许张英打内心并不想离婚，起先无非是顺从了众人，自己也跟着出出气，也许青海人害怕离婚后要重回青海，暗中做了什么手脚。反正那种不战不和的僵局，令剧团的人哭笑不得。着急的常常是些毫不相干的局外人。法院的调解人刚开始还常来例行公事，到后来，剧团里不得不传说离婚这事大约已经取消了。

这一天，青海人买了一大把饭菜票。管事务的小李心慌意乱，算了半天，依然多找了两角钱菜票。

食堂紧接着热闹起来。青海人在食堂里闯来闯去，旁若无人，仿佛是小日本当年在中国。他那无动于衷的神态，漫不经心地招呼张英要这要那，俨然是对剧团公众舆论的反击。剧团里的人吃惊地瞪着这位蛮不讲理的家伙，好像正饶有兴致地注视着天外来客，又好像是观看电视节目中动物世界里的奇鸟怪兽。

"这简直就是种示威，"每当青海人退出食堂，扬长而去，食堂里难免一片哗然，"他凭什么在我们的食堂吃饭。"

"他那模样，倒好像是我们偷鸡摸狗，亏他做得出，看他那腔调，我都觉得难为情！"

"应该叫张英不要睬他，女人到了这一步，还摆出些架子来，真也叫没有志气。"

然而并没有什么人教张英如何做到有志气。在普遍的愤怒情绪之外，剧团里的人，在吃饭的同时，还尝到了观看西洋景的乐趣。张英去找炊事班长：

"顾师傅，让小梁卖菜吧，我不卖了！"

"怎么了，你还怕他不成，卖，看他怎么样。妈的，当真没有王法了。"

于是青海人照样闯来闯去，剧团里的人依然哗然，张英却不能不卖饭菜。不过兔子急了也会咬人，这天青海人端了狮子头正要走，张英说："你干吗非要在这儿吃饭！"声音里全是怨恨，全是仇恨。

"那你叫我到哪里吃饭?"这反问不急不慢,一股玩世不恭的味道。

张英眼泪憋了出来,因为她知道青海人绝不是没有地方吃饭。现在所有的人正注视着他们,幸好没有人围上来。"我到底欠了你什么,你老是这样拣人最难过的事情做。让人家笑话我,你有什么痛快呵!"这话很不得体,好在听见的人不多。张英回头往里边走去,心里恨不能咬青海人两口。

青海人怔了一下,嘀咕着退出食堂。有人听见他说:"我偏要来,吃顿饭有什么了不起的。"后面的话没有人再听见。

晚饭时,张英打定主意不再卖给他。我已经受够了,她想,索性和他痛痛快快吵一架才好呢。她不敢往食堂门口看,对自己解释说这是不怕他来。饭桌上零零落落地还坐着那么几个人。其中一个,每吃三口饭,便不自觉地往门口看一看。

然而青海人却没有胆子再来。

此后的第三天,超超抱了个小铝锅,远远地跑过来。

"妈妈,"超超喊着走近了,脸上又高兴,又害怕。他还没到真正懂事的年龄,然而本能地知道张英待他再也不像过去那么好。

张英心里是一阵抽紧的感觉。欢乐和痛苦的回忆像闪电一般亮了一下。她默默地给超超盛菜舀饭，充满爱怜地看着他心满意足地离去。

转眼就要到新年了，天天端着个小铝锅来买菜，超超已经和食堂里的人熟悉起来。起先大家只是不要他排队，后来便让他直接到伙房里去买。他是个讨人喜欢的小孩，剧团里的其他小孩，都以和超超结识，和超超在一起玩，作为回家向父母夸口的话题。他常常很早就到伙房来，随意找一个乐意和他嬉闹的大人玩。

"超超，你说是爸爸好，还是妈妈好？"

超超想也不想，答道："妈妈好。"

"为什么？"

他狡黠地笑笑，不肯说。

"说呀，"众人哄他。

"和爸爸在一起，说爸爸好；和妈妈在一起，说妈妈好。"超超坦白了他的哲学思想。

众人大笑，顾师傅快活地直拍自己隆起的大肚子。张英也笑了。超超跑过去，伏在张英的耳朵上，神秘地说："爸爸叫你回去过年！真的，不骗你。"

张英假装没懂，心头跳了一下。她知道超超惯于编这一类自作主张的谎话。况且她绝对不会回去。青海人即便这么说了，也是白日做梦。

法院的离婚判决，迟迟不肯下来。小年夜却慢慢腾腾地到了。也不知什么原因，超超突然不来了。伙房里的人纷纷觉得奇怪，这怪不可测的青海人，难道又准备玩什么新的花招？

有家的人都忙着过年，集体宿舍里有了一种异样的冷清。自从张英结婚，小金医生因为三天两头地要来找吴茵，剧团里便又安排了一个人来住。现在连上张英，宿舍里虽然有了三个人，依然冷清得像隆冬的寒流。吴茵说："小张，你明天到我们家去吃年夜饭吧，我妈已经说好了。"张英笑着摇头。已经有好多人说过类似的话，其中仅黎副团长一个人就说过了三遍。她不准备到任何人家去过年，别人家里的温暖，暖和不了自己。这和火炉的功用不尽一样。她想了想，对吴茵说：

"小吴，你陪我回去一趟。要过年了，我总该找身像样的衣裳。"

"那，一句话。我陪你去，我们顺便看看你那个青海人搞点什么勾当。"吴茵答得很干脆，她从来就是个爽快人。

青海人不在。张英开门进去，只看见超超一个人懒洋洋地躺在被窝里。"喂，超超，你老子呢？"吴茵往床沿上一坐，摸摸他的脸，超超干咳了两声，说："有人找去了。"说完，又咳嗽起来。"要死，小孩怎么变得像个小老头，唉，超超，你是不是病了？"张英取了衣服，听见吴茵这样问着，超超点点头，小手从被筒里拿出来，指指床头柜上的药水药片，仿佛这就是他生病的证据。

9

吴茵是个热情的女子。对待闲言冷语，她的态度恰好和张英形成对比。"糟糕，这孩子跟着这么个不负责的老子，简直是遭罪！"她掀了掀被子，要超超起来。超超说："那个叔叔来，非要叫爸爸去的。"吴茵说："你爸爸是个混蛋，来，快起来，阿姨和妈妈带你看病去。"超超起来穿衣服，吴茵要帮忙，他非犟着自己穿。衣服穿好，吴茵抢过张英手上的短呢大衣，围在超超身上，不由分说地背起他来就走。张英跟在后面，像个木头人似的。

这一天正好小金值班。他为超超量了量体温，听诊器胸前背后地听了一会，埋怨起吴茵："你也是，就这么糊里糊涂地就抱来了，也不知道他以前吃的什么药，打没打针？唉，你把病历带来多好！"

吴茵说："嗨，这有什么关系，是病只管看就是了，吃药又怎么了，到现在不晓得多少时间过去了，你少一本正经的。喂，超超，阿姨问你，你打没打过针？"

超超摇摇头，他这会正坐在张英的大腿上，小手紧紧地搂着她。"真没打过？说谎可是要真打针的呀！"吴茵吓唬他，超超还是摇头。

小金说："既然没打针，还是打一针算了。"

这天晚上，超超便被张英带回宿舍一起睡。青海人知道了儿子的下落，也不去寻。

大凡小孩子生了病，都变得特别乖巧，特别懂事。超超和张英睡在一道，一句话不说，紧紧地搂着她，生怕她会跑掉。张英想到他打针时，眼泪汪汪想哭又不敢哭的样子，不由得有些心痛，手不自觉地去摸他打针的地方。超超说："妈妈，我不打针了！"

"好，不打针。"

"那个医生最坏，妈妈。"

"好，那医生最坏。"

"妈妈好，我要和妈妈待在一起。"

"好，和妈妈在一起，"张英叹了口气，拉掉电灯，紧搂着超超，"乖，睡觉吧。"

第二天一早，超超已经忘记了生病，忘记了打针，钻在被窝里和张英闹个不停。张英怕他受凉，不住地塞被子。"超超，听话，被子里的热气全跑了。"

"妈妈，什么叫热气？"

就这样，到快九点钟，张英才爬起来用煤油炉烧开水，准备泡方便面吃。超超赖在被窝里不肯起来。张英哄了一会，超超说："你亲我一下，我才爬起来，不，再亲一下嘛！"张英正给他穿衣服，忽听见走廊上有个男人的声音在问："请问，张英住什么地方？"接着脚步声往这边过来。

来人让张英吃了一惊。虽然只是见过一面，张英一眼认出他就是大卫，青海人的朋友，那个第三者的丈夫。一刹那间，这场面似乎很尴尬。大卫故作随便地对房子打量一番，淡淡一笑，问张英怎么一个人住在这。张英说，同屋的两个人南京都有家，回去过年了。大卫的眼光落在超超身上，做了个哄他的表情："超超，你怎么在这儿？"

超超不睬他，吵着要吃面条。大卫猛然才想到似的说："哎哟，你们还没吃早饭，先吃早饭，先吃早饭。"张英不知他来有何目的，心里惶惶不安，鸡汁方便面吃在嘴里，就像是隔了夜的茶叶汤。

"小张，我，我早就想来找你了，"大卫的声音有些发抖，但是态度极为诚恳。张英点了点头，仿佛她知道他要来一样。大卫于是继续说："这事，这事，唉，反正大家搞得都蛮惨的。"

张英吃惊的表情，不知道他下面说什么。

"你说是不是？当然我们俩最倒霉，最、难看，难做人，"大卫顿了一顿，叹了口气，装得很轻松地说道："你在单位里给人家看来看去的，我呢，不好听的话，做王八，做了活乌龟。"

张英平静地听着，抓紧的手慢慢放松。

"可是这事，这事也不能老是没完没了。你说对不对？要是他们当真的话，我倒愿意成全他们。何况他们原来就做过夫妻。这事反正你也知道。我们三个人那时候都在青海，当然是他们先好的，后来，后来淑贞和我到了南京。

"现在他们都不肯离婚。这算什么呢？淑贞不肯跟我离。你知道，这种事我也没办法，从道理上来讲，我知道他们过去的关系，而且，我也曾是个、曾是个介入者吧，按说我应该原谅他们。而且，当然这事是没有办法原谅的。还有，你知道，我过去也离过婚。我找过他——"

大卫停了一下，知道张英明白"他"就是那个青海人，又继续往下说："我告诉他，只要他们还想好，我不妨碍他们，我让好了。我无所谓。我懂得感情勉强不得的道理。你说对不对？

"但是他一口咬定要回青海，你知道，他非要回青海。老实说，他回南京，我和淑贞花了不知多少力气，这不容易。好不容易回南京了，又这么轻易地回青海，你说，你说这不是太可惜了吗？早知今日，何必当初。况且离婚这事，离来离去，既没完没了，也没有什么意思。男女之间的事，我也算看透了，两人在一起，能不讨厌，马马虎虎过得下去，这就行了。什么夫妻不夫妻的，不就是那么一回事。

"小张，有些话我也不知该说不该说。反正事情已经发生了，我们只能把它处理得尽可能好一些。小张，你说对不对？我也知道，他根本不是真心要回青海，他是怕离婚了，一来单位可能处分他，另外，也没有面子再在南京混下去。只要你们不离婚——"

张英本来瞪着眼睛，听到这里低下头，她已经明白大卫的意思。

"你也知道，他那人最要强，是个打掉了牙齿只肯往肚里咽的家伙，你要他低着头来求你和他不要离婚，这是死活不可能的。人愿意死要面子活受罪，你也没有办法。其实他心里也不是没你，你们也不是一点都没有感情。他说一切都听你的，听法院的安排，凡事由你做主，这意思你还不明白？算了，就算这是他给你面子吧。

"好了，我也不说了，多说了也没用。你现在反正多少想想他好的地方。至于怎么拿主意，你自己定夺。当然这事怎么处理都不大好，既然事已僵到这种地步，只能说尽可能吧，小张，你说对不对？"

大卫走后，张英只觉得伙房里所有的各种调味作料，一起打翻在她的心窝里，甜酸苦辣千般味全有了。天下哪有这么便宜的事，他不肯来求她张英不离婚，难道还要反过来要张英去求他不成？况且离婚又不是小儿的游戏。离婚既然像水泼出去了，哪里还有收回的道理。让单位处分他好了，让他去青海好了，他走得越远越好，永远不再见到他才最好呢！

到了年初三，超超吵着要回家。宿舍里没有小人书，没有玩具。张英没有办法，只好送他回去。

青海人正在整理东西。两个鼓鼓的旅行包放在长沙发上。见了超超，冷冷地说："你还要回来，回来干什么？"超超跑上前，伏在正蹲着整理东西的青海人身上，父子几天不见，亲热得不行。青海人转身坐在沙发上，让超超坐在他膝盖上玩。"你站着干什么，坐一会儿！"他对张英说，态度不冷不热。

张英打算立刻走的，不知不觉地已坐在床沿上。"你打包干什么？"她无意问道，问过就后悔。

"干什么！年过过了，法院的人也该办正事了，那我还不得收拾收拾，准备滚蛋？这地方是你的，该你回来住了。"

"那你就真的回青海？"

"你怎么知道？——回去了又怎么样？我本来是青海来的，不回青海去什么地方？再说，你们这鬼地方又有什么好的？"

张英心里想，你走好了。沉寂了一会儿。

"小张，有件事想求你——"张英一惊，瞪起眼睛，但是不敢对他看。"我回青海，超超先放在你这里行不行？"

超超在老子腿上坐了一会儿，下来自己找东西玩了。张英冷冷地看着青海人，仿佛不认识他一样。这时是青海人不敢对着她看。

"行不行？我才去，事情肯定多的，超超没人看不行。交给你，我放心。"说到这，青海人似笑非笑地笑起来。张英不明白他为什么笑，只听见他又说："真的，我说的都是正经的，超超就放你这儿，要是你愿意，超超的户口留在这儿都行。"

"那不行。"

"怎么不行？"

张英站起来，冷冷地说："他又不是我的儿子。"说了，快快地向门口走去，下了楼。

回到宿舍，虽说已经到了吃午饭的时候，张英一点都不觉得饿。头有些发重。她忽然听见楼下有吵闹的声音，隔着玻璃窗望下，却是剧团的小孩正在院子里放爆竹。她心不在焉地看了一会儿，几个小女孩躲在一旁，又想观望，又害怕的神态，使她想起了自己的童年，那时候妈妈还在，爸爸也在，她最大的乐趣，就是盼望着过年。宿舍里很冷落，一同住的两个人要在家过几天才能来，室外噼里啪啦的爆竹声，似乎很轻易便传到房间里来，久久地不肯离去，张英的心里很乱，朦朦胧胧地想了许多，却理不出头绪来。院子里的小孩回去吃饭了，回去睡午觉了，她这时才感到自己已经站得有些腿酸，腮帮上湿漉漉的，早已不知不觉地淌下眼泪来。

她懒洋洋地上了床，肚里依然不觉得饿。陡然间，她想到了刘洁洁。要是没有这个人，张英显然不会有今天，但是她似乎早就把她忘掉了。刘洁洁比她漂亮，比她会说话，她从一开始，就不想让刘洁洁和青海人接触。现在想起来，一切都太荒唐，在过去，张英一直把她当作假想的情敌。

女人的心最难捉摸，而最难捉摸的是过了三十岁的女人心。

到了晚上，张英跑到了青海人那里。青海人吃了一惊。张英说：

"我已经想好了，我们暂时不离婚就是了，你也用不着去青海。"

青海人看着张英，口气中像是在哄孩子："暂时不离婚，哎哟，有这暂时，还不如越快越好。对了，你吃了没有，我这里只有干面包，给你冲杯麦乳精？"

张英扫了一眼摊在桌子上的冷面包，心一横说："你真要走，超超就先放我这儿好了，不过户口不能放我这儿。"

青海人笑了笑，不当回事地说："我也是跟你说着玩玩的，超超怎么可能放在你这儿呢，他是我的儿子，莫非你想拆散了我们不成。"张英没料到他会这样出尔反尔，心里后悔自己不该来，暗想：你们一起滚好了。

青海人还是那半真不假的腔调："何必这样板着脸呢，我反正是要走的人了，好说好散，难道我还有什么地方不称你的心？"

张英想有些话要说清楚："你走好了，你要走，是你自己的事，我反正发誓没有对哪个说过要你回青海，你走，怨不上我！"

"小张，"青海人猛然站起来，他们原来是面对面的，张英不知道他为什么突然这么激动，见他逼近过来，慌忙也站起来，面对面，注视着他胸前的纽扣。青海人不愿意空气紧张下去，一笑，说："你真傻，只有你这样的人才会相信，法院会把我发配到青海去。法院管我去什么地方。你知道，没人要我去，没人逼我去。或者说，暂时还没有这样的人吧。是我自个要去的。"张英吃惊地抬起头来。"青海又怎么啦，我想了好久，也算想开了，我真后悔当时不该回来的。为什么一定要回来呢？在你们眼里，就好像青海不是人待的地方，就是发配，就是充军。怎么了？我喜欢那儿，十几年都苦下来了，有什么大不了的，什么地方都是人待的。回南京，哼！那是吃错了药，是——在你们眼里，我是青海人，是的，我的确是青海人。我走就是了，小张，我跟你讲，那儿的人说不定比这儿好，真的，起码比你们单位里的人好，他们他妈的比我们都好，还有，"青海人顿了顿，意味深长地说："那儿的女人也好，"这句话没有让张英生气，却唤起了她的另一种感情。她突然间感到青海人瘦了，胡子拉碴，虽然肩膀还是那么宽。他的两只大手猛地抓紧了她的肩膀："怎么样？跟我到青海去！"

　　"不！不！"她几乎咬了他一口，使劲一推。青海人跌坐在床上，她开门奔了出来。

10

隆冬的江面上，北风如刀子一般，然而落日的余晖洒在起伏不平的波浪上，依然给人一种温暖的感觉。远处江堤一棵孤零零的枯树下，一个穿红色鸭绒棉袄的女人，正默默地眺望着西去的江轮。她的身边，是一部灰尘仆仆的"铃木"。

张英在江轮上，注视着那红红的小点。她知道这红色的小点也正在注视着她。青海人正在江轮的另一侧，抱着超超，看着远处的长江大桥。

剧团里的人，临了都大吃了一惊。青海人终于走了，但是他把张英也拐走了。谁也不会想到是这么个结局，尽管这个结局从一开始就是注定了的。张英做了种种最笨拙的解释：她舍不得超超，青海人舍不得她，甚至说到剧团里的各种议论太多，言下之意，是剧团里的人逼她走的。好心常常被当作驴肝肺，恶人并非总有恶报。张英的所作所为，恰好证明了一个文学名人所说过的真理：女人傻起来的话，就像一根无限延长的直线上的点，永远也不会有完。

青海人已和青海一个新开发的公司订好合同，这是他自己要去的，没人逼他。他去做调度员。南京的户口得之不易，失之却十分轻巧。张英的户口依然放在南京，剧团里允许她留职停薪，她去那个公司当保育员，一切都安排好了。现在他们是绕道去武汉，青海人的一个姑妈在那里。沿途要去庐山，青海人把这次行程称为"蜜月旅行"。

到了晚饭，天已全黑，超超吃了两个鸡蛋，缠着张英说了会儿故事，先睡觉了。他们住的是三等舱，旅途无聊，同舱的人似乎也都睡了，到九点多钟，张英起来上厕所，顺便上了甲板。回头一看，青海人也跟了上来。

"风这么大，不早点睡，上这干什么？"

张英说："超超醒了怎么办？"

"没事，这会儿有人打鼓，他也醒不了的。"

江面上黑乎乎的。远远地有点灯火，驶近看，是航标灯。他们正好处在一个拐角上，没有风。江堤可以隐隐约约地看到个轮廓。

"你这次不趁机和我离婚，以后就别想离成了。"青海人说着，抱起张英，放在就近的一个救生箱上。"你也该和我亲热亲热，我一路哄你，这事也该有个完了。"

"什么也该也该的，"张英娇嗔道，"谁要你哄啦，我过去还当你是哑巴的呢，现在话倒多了。你尽管摆架子好了。"

甲板上另有一对，抱在一起，放肆地亲着。青海人侧过头去，无言地看着江面，张英不愿他难堪，想着他放下架子来哄自己，不由得心疼起他来，头轻轻地靠在他肩膀上。他们两个人都穿着鸭绒棉袄，碰在一起，中间似乎隔着一层气，软绵绵的。

"我不怕你，我户口还在南京，我可以一个人过。"

青海人没说话。

"这次，是你不说了。"

"我说了，你又说我哄你。"

"你哄好了，——我要。"

汽笛长鸣，远处一排灯火，大概是个什么码头。

青海人想说：超超应该有个弟弟，或者妹妹。张英想告诉他，她已偷偷去过医院。超超的确是她的儿子，但她还得要一个。她说以后再也不怕青海人了，就是暗指这件事。然而他们都把这马上就不是秘密的事藏在心里。

"南京家里的东西怎么办？"张英随意地说。

"什么怎么办，你不是还要回去吗？你的户口不是还在那儿？"青海人不知道前途如何，只知道自己一时也不会放她走了，故意这么说。

"本来就是嘛。"张英在他肩膀上挨得更紧，她不知道他们的缘分究竟会有多长，也故意这么说。

将来的事，还很远，没人知道。

船笛又是一声长鸣，这次很长，很长。

艳　　歌

迟钦亭是校足球队的后卫。每次运动会，长跑的
各项目都有名次。历史系是体育成绩最差劲的一个系，
迟钦亭是历史系的体育明星。

　　班上的大龄学生都集中在迟钦亭他们的寝室。一
共六个人，最大的是班长李浩，已结婚并且有了两个
小孩，最小的是李文林，对象在中文系，比他低一届。
迟钦亭是大龄学生中唯一没有女朋友的。

　　李文林那位在中文系的对象经常来，和寝室里的
人都很熟。有时也和迟钦亭聊天，知道他没有女朋友，
便要把她的一位同学介绍给他。通过李文林把这意思
向迟钦亭说了，李文林用的是半真半假的口吻。迟钦
亭不置可否。李文林说："各人有各人的缘分，反正不
是什么拉郎配，你们见一面，成不成，兄弟你自己看

着办吧。"

那天，迟钦亭正在运动场练球，碰巧遇上李文林的对象。中文系的几个女孩子在那边打排球。排球滚过来，李文林对象追着来捡球，她捡起球，一看面前是迟钦亭，眼睛往自己的同伴那边瞟了一瞟，笑着做了个怪脸，抱着球往回跑。迟钦亭心头不由一阵快跳，脸刷的一下红了，一边按着教练的吩咐继续练习带球过人，一边忍不住偷看那边打着排球的中文系的几个女生。

过了一会儿，中文系的那几个女生不打球了，说着笑着走过来。在离迟钦亭他们训练场不远处停下，看他们练球。迟钦亭只觉得说不出的别扭，所有的动作似乎都僵了，怎么样也控制不住脚下的球。一个不小心，脚下一滑，跌了个朝天跤，场外一阵哄笑。

教练吹了吹哨子，让队员们练习射门。中文系的那几个女生依然兴致勃勃在看。轮到迟钦亭射门时，李文林的对象在场外喊了一声，迟钦亭没听清，拔脚怒射，球总算进了。他抬起头来，看着中文系的那几个女生，见有一位长得极漂亮，是一张晒不黑的脸，额角上几缕汗湿了的头发，大眼睛含情脉脉看着迟钦亭。两人的眼锋一对上，迟钦亭触电似的麻了一麻，竟没有勇气再向那个方向望上一眼。

中文系的那位漂亮姑娘给迟钦亭留下很深的印象。

多少年后，他眼前还会有意无意地飘过那含情脉脉的笑脸。到晚上，李文林嘻嘻哈哈和他说约会的事，迟钦亭发现自己很难再摆出无动于衷的样子。初次约会定在三天后，他却有些迫不及待。都在一个学校，不过隔了几幢楼，抬头不见低头见，约会非要放在什么三天后，真是有点多余的蠢。

三天说过去就过去。这一天恰好迟钦亭的生日。见面地点是在寝室，时间是晚饭后，由李文林的对象领来。吃晚饭时，迟钦亭在食堂碰到李文林的对象，她笑着说："喂，别一毛不拔，去买几瓶汽水，多买几瓶。"

当李文林对象的声音在楼道里再次响起的时候，迟钦亭突然有些觉得不安。开门的一刹那间，他产生了那种出了差错的预感。他的手开始发抖，发抖的手把门拉开，李文林的对象领进来一位陌生的毫不相干的姑娘。

迟钦亭的脸上是一种认错了人的尴尬表情，两只手僵在那，挡住了门仿佛不让人进。李文林的对象冲他看了看，笑着说："怎么，第一次见面就想握手呀！"迟钦亭更尴尬，忙请二位进屋坐，惊惶不堪地去搬板凳。那开汽水瓶盖的扳头就在桌上，他却没头苍蝇似的乱找，背上湿漉漉的已是一层汗。

适当的笨拙有时候可以大占便宜。迟钦亭给人的初次印象很不坏，虽然他自己对人家的印象稀里糊涂。那种搞错了的遗憾太强烈，以至于初次见面的女朋友相貌到底如何，他都缺少一种准确的判断。不漂亮是无疑的，因为迟钦亭心目中原有的那位姑娘太漂亮。美是一种比较，一种最残酷的比较。

"你小子到底怎么想的？人家还等着回话呢！"李文林自从初次会面结束，捞着机会便这么问迟钦亭。

迟钦亭说："我们彼此又不了解，她老问我'你们足球队是不是天天训练？'"

"废话，"李文林笑着说，"刚开始谁不是他妈的没话找话。不了解？睡一觉就什么都了解了，你当找个女人那么容易啊，见鬼。怎么样，继续了解了解吧，不要黏糊糊的，拿一点男子汉的气派出来。"

迟钦亭从来没和女人打过交道。进大学前和进大学以后，他无一例外地都是在看人家谈恋爱。作为大学的四年级学生，在女人这个问题上，他不比别人想得多，肯定也不比别人想得少。虽然迟钦亭心目中有更中意的姑娘，但是他很现实地决定进一步了解另一位姑娘。另一位姑娘有个很特别的姓，姓沐。迟钦亭在学校办的墙报上，曾见过署名"岚"写的一首诗，诗好诗坏记不清了，沐岚这名字想忘掉倒不容易。

迟钦亭和沐岚的关系就算马马虎虎地定了下来。刚开始双方并不热心，大家都抱着了解了解再说的念头。沐岚是那种一眼望过去没有什么特别处的姑娘，不高、不矮、不胖、不瘦，都是中间值。迟钦亭给沐岚造成了一种错觉，这错觉说不上好，也说不上坏。沐岚一直以为迟钦亭对她太一见钟情。她身上很有些女诗人气质，男女之间的事看起来都带点浪漫色彩。他们最初全靠介绍人传递信息。介绍人通常习惯两边说好话。李文林不费吹灰之力，便把迟钦亭塑造成一个痴心男子形象。

据说女大学生找对象，十有八九不满意，十有八九都是那种食之无味、弃之可惜，如鸡肋一般的未婚夫。不过对象和未婚夫这类概念，对于沐岚似乎还嫌太早。开始的两个星期里，沐岚一方面不反对所谓目的在于进一步了解的逛马路游公园，另一方面，大谈独身主义又是她有意无意的话题。她扮演的角色，在施舍爱情方面非常吝啬，好像她之所以不得不陪陪迟钦亭，只是不愿太伤他的心。可是两个星期以后，沐岚终于深深地伤了一次迟钦亭的心。那天，班上负责邮件的同学扔给迟钦亭一封字迹陌生又娟秀的信，打开一看署名，是沐岚。

迟钦亭同志：

　　你好！谢谢！

　　这封信思之已久，几次提笔，几次放下。真难呀！

　　我们经过初步接触，彼此有了一定的印象。我们之间的交谈是令人愉快的。可是这封信里我要告诉你的也许会让你吃惊。但是希望这不会引起你对我的误解，我想我不说明你也应该明白我的意思。

　　过去的就让它过去了，两个星期是很短暂的一瞬间，没有必要去追回，时间流逝，一切将在记忆中淡漠。你的一片真心我也知道，很感激，也使我不安。想来我这样突然与你分手没有刺伤你的感情，你也不会因此而恨我。请你相信我过去待你也是真心诚意的，究竟为什么分手也就不要再追究了。我希望我们平静地分手，平静得像一潭古水，这很容易做到。我们毕竟才刚刚相识。

　　请原谅我！衷心祝你幸福！

　　再见了！

　　　　　　　　　　　　　　　　　沐岚

　　另一张纸片上是首小诗，迟钦亭吃不准到底是不是沐岚写的。

常常，我为我的笔感到羞惭

它像一只无力的小鸟

囚禁在这片温柔的天地

突不破那隔绝了蓝天的栅栏

只是谛听着这颗爱恋的心，

怯怯地轻轻地跳动：嘀嗒嘀嗒

描绘它兴奋时的鲜红

和失血时的苍白……

如果我是上一个世纪的姑娘

也许，我会安于柔情似水的谈吐

用褪色的丝带系上这束纸片，伴着

心跳和迷乱的眼光献到你面前

然而，一旦爱情已闪烁崭新的光彩

难道还要去拨弄那古老的琴弦

　　迟钦亭很有些摸不着头脑，哭也不是，笑也不是。他发现自己被迫尝了一次失恋的滋味。中文系的学生干什么事都喜欢文绉绉的，虽然历史系也算近邻，但迟钦亭无论如何也猜不透沐岚的本意。那信和小诗被翻来覆去读了无数遍，一切都莫名其妙，一切都太岂有此理。两个星期的交往的确不是很久，况且那种捉迷藏的谈话，不仅不能有助于进一步了解，反而加深了进一步的不了解。迟钦亭有一种叫人捉弄了的感觉。他傻乎乎陪人家散步，无目的地逛公园，听那种女强人的独身主义观点，包括毫不相干的对尼采的瞎议论。迟钦亭从来没读过尼采的任何一种著作，他只是听沐岚说尼采怎么怎么好，便从书店里抱一大堆回来。叔本华也跟着沾光，因为沐岚曾说过，要读懂尼采就必须先读懂叔本华。这两位德国哲学家和迟钦亭显然格格不入，每次都是读不了几页就扔下。尼采和叔本华的著作成了他第一次恋爱经历的讽刺。

寝室里只有一个大书架，每人有一层可以放书。崭新的哲学书放在书架上很好看，然而迟钦亭每次看到了都嫌别扭。中文系和历史系在一个食堂吃饭，自从迟钦亭和沐岚结识后，他们想不见面也不可能。有时各人排着各人的队，一侧过脸来，发现两人正并驾齐驱。沐岚常见的表情，是那种似笑非笑的歉意。这歉意最让迟钦亭觉得恼火。一天吃完饭回来，他坐在那生闷气，一眼瞥见整整齐齐排在书架上的尼采和叔本华著作，恨不得立刻点把火烧成灰烬拉倒。突然，他产生了一个近乎恶毒的念头。在和沐岚交往的两个星期中，他们唯一的一次上馆子，因为迟钦亭身上带的钱不够，是沐岚会的钞。当时总觉得以后机会多的是，迟钦亭也没有往心上去，如今回想起来，他男子汉大丈夫的，也犯不着白吃人家一顿。干脆把尼采和叔本华的著作送给沐岚，权当着那次上馆子付的饭钱。说干就干，他夹了张条子在书里，说这书是特地为沐岚买的，自己留着也没用。又找了张过期旧报纸，包得方方正正的，托李文林的对象带给沐岚。

等到下一次遇到沐岚的时候，她脸上的歉意没有了，脸很红，眼睛不敢看迟钦亭。迟钦亭以为她会说一句致谢的话，但是沐岚什么也没说。

第二天，迟钦亭收到一封字迹娟秀却不陌生的信，字数不多：

小迟：

真后悔写那信。我干什么要折磨你呢。我知道你爱我，可是我偏偏折磨了你。无论谁，折磨一个爱她的人都是残酷的。我都不敢相信，你知道，真的不敢相信，我发现我可能已经爱上你了，真的。我们干什么要自己折磨自己呢。

明天在过去的老地方等我。对不起了，别再生我的气。

岚

对了，时间是晚饭后，和过去一样。

迟钦亭又一次哭笑不得。他产生的第一个冲动便是，根本不去赴约，让沐岚傻傻地白等一次，没有比这更好的报复了。想到能天赐良机地教训一下那位自以为是、又再三故作多情的女才子，迟钦亭顿时感到一种由衷的愉快。得好好地煞煞沐岚的傲气，他心里暗暗盘算着，考虑了一套又一套方案。

　　那天，沐岚穿的是淡青色的羊毛衫，胸前是白细绒绣的兰花，一条很厚的粗呢裙。迟钦亭印象中，这是沐岚打扮得最漂亮的一次，合适的打扮使沐岚身上的优点发挥得淋漓尽致。正是天要黑非黑之际，沐岚站在一株小树边，安静得仿佛是座塑像。迟钦亭突然发现沐岚比他想象的迷人得多。

　　也许他们各人事先都准备了些话要说，事态的发展出乎两人意料之外。他们沿着校门前那条大路往下走，一直走到了大路尽头，有相当长的一段时间，两人就这么走着，什么话也不说，默默地走，大家心里都感到不错。路灯下，他们并排的影子一会长一会短。汽车远远地开过来，车灯猛地大亮，刺得眼睛都不敢睁。迟钦亭不止一次想走上前一步，挡住那直逼过来的灯光。

　　这一次他们再也没谈什么独身主义，也没谈尼采和叔本华。许多话不知不觉地便会涌到嘴边来。有些话事后想想并没有什么可笑的地方，但是他们当时确实开心得哈哈大笑。有个乡下口音的人找他们问路，他们瞎指点了一气，为那乡下口音的古怪乐了半天。他们走过的那条路长得近乎遥远，来回用了四个多小时，脚底下都打了泡，也没觉得累。

这以后的发展十分顺利。那个称为缘分的玩意开始起作用。他们起码在一点上是一致的，这就是并不觉得对方令自己最最满意。好在谈恋爱不可求全责备的道理两人都懂。谁都免不了好高骛远，谁都不会永远好高骛远。沐岚以一种无可奈何的口吻说："既然我们相爱，就爱下去吧。不过，有一天你也许要后悔的。"这话让迟钦亭疑惑了不少天，因为沐岚紧接着的一句话更让人吃惊，"你要是知道了我的真面目，你可能真的会后悔的。"迟钦亭不知道她所说的真面目是什么，为什么要让他后悔。难道沐岚有过什么见不得人的恋爱经历，有过小说上常写的那种事？

中文系的男女人数比例有些失调，男的少，女的多。历史系是近邻，近水楼台先得月，跑到中文系去找女朋友似乎也成了惯例。中文系的男生因此忿忿不平，大有自家鱼塘被人钓了鱼的恼火，横眉冷对之余，既嘲笑历史系的女生不肯生得漂亮一些，又酸溜溜地夸迟钦亭钓鱼真会找地方。

鱼已经上钩毕竟是个事实。迟钦亭好像存心要气气中文系的小伙子们，越是当着人面，越对沐岚表示亲热。时间不知不觉地过去，迟钦亭和沐岚又都发现对方身上有不少意想不到的优点。秋高气爽，再下来刮了西北风，天气越来越冷，他们之间的吸引力，却滚雪球似的，越滚越大，越滚越结实。

迟钦亭不是什么高材生，不过他的外语程度比沐岚好得多。沐岚选修了外语阅读这门课，期终考试是从《读者文摘》上选一段译成中文，当然是开卷。她吞吞吐吐地请迟钦亭帮忙，说有些句子不懂要请教。迟钦亭差不多逐字逐句为她讲了一遍。文章太长，要一下子都记住也太难，迟钦亭索性越俎代庖。好事做到底，加夜班赶了个初译稿出来。

情场得意，迟钦亭一顺百顺。他把初译稿交给沐岚的时候，顺带又告诉她一个好消息。迟钦亭在学报发表的一篇论文提纲，引起一家省级刊物的重视，刊物的主编写了封热情洋溢的信来，要求刊登迟钦亭论文的全文。沐岚十分高兴，说了些祝贺之类的话，让迟钦亭赶快准备。她自己把那封主编来信读了又读，又去图书馆查那本有迟钦亭论文提纲的学报，偏偏这一期没有。迟钦亭手头有一本，但是要派用场，沐岚只好等他整理好全文再借来细看。迟钦亭干活很爽快，将近一万字的文章，加两个夜班便完成，得意地捧来给沐岚看。字迹有些潦草，涂改的地方也多，有的地方是用不同的稿纸拼贴的，黄是黄，白是白，看上去极不顺眼，隔了一天，沐岚把论文还给了迟钦亭，却是她亲笔重抄过的，一手娟字，干净得仿佛都能闻出清新的芳香来。

冬天来了，沐岚住的房间朝北，又靠窗，冷得出奇。一个大意便得了感冒，沐岚和迟钦亭约会逛马路，不时地要掏出手绢来擤清水鼻涕，渐渐病加重了，头有种撕裂的痛，课也不能去上，只好躺在床上休息。这期间，迟钦亭每天都去看她。因为宿舍里还有别的女生，他总是坐一会就走。

一天，李文林的对象说："小迟，小沐有一盆衣服在这呢，本来我想代她洗了。不过，这可是你立功的机会，我们不敢抢。"沐岚急忙从床上支撑起来连连喊"不"。

迟钦亭想，洗几件衣服算什么，端起脸盆拿了肥皂便走。

盥洗室紧挨女厕所，一个女大学生系着裤带往外走，差点撞上迟钦亭。迟钦亭目不斜视，略有些不自然地朝水龙头走去。女厕所是弹簧门，人进进出出，砰砰直响。迟钦亭一边搓洗衣服，一边想大家必定都注视着他，悄悄地议论着什么。

等沐岚病好，期末大考已经迫在眉睫。谈恋爱多少误了些功课，沐岚和迟钦亭不免临时抱佛脚，应付完了考试，两人都觉得好几天没在一起，要像补功课一样的补上。气象系大楼东头是个死拐角，虽然露天，却没有风，比较来比较去，这地方约会，比在寒冷的大街上来回走好得多。沐岚似乎瘦了些，然而更添了一层娇弱的可爱。月光慢慢地向西移，他们脚底下的树影也跟着动。

沐岚说："我们班的同学，都夸你好。"

迟钦亭笑着问："夸我什么？就为了我给你洗衣服？"

沐岚用脚去踩地上的树影子，笑着说："是又怎么样。告诉你，如今世道变了，女孩子都喜欢男的温柔一些。"

迟钦亭又笑着问，难道他不温柔？沐岚笑而不答，脚依然踩那树枝的黑影。突然树影没了，沐岚抬头看，只见那月亮已移到大楼顶部，四下里一下子黑了许多。迟钦亭迟疑了一下，手伸出去，找到了沐岚的手，搭在上面，用一种异样的声音说："今天我要吻吻你。"

沐岚不说话。不说答应，也不说不答应，人有些微微发抖。迟钦亭侧过身去，捧住了沐岚的脸乱吻一气。他第一次做这种事，干得很笨拙，想像电影上那样吻沐岚，好不容易找到了她的嘴，但是她一动不动，像座雕像一般僵在那儿，吻了一阵，沐岚还是没反应。迟钦亭急了，叹着气说："难道你不乐意？"

沐岚扑哧一声笑了，说："我真的不乐意，你怎么办？"

迟钦亭说："什么怎么办，你不乐意，我也照样吻你。你信不信？"

沐岚说："那干吗还要问我呢？"

迟钦亭笑了笑，说："这叫先礼后兵，先君子后小人。"说了，又要吻沐岚。

寒假里迟钦亭回老家探亲，他母亲知道儿子有个女大学生的对象，说不出的高兴。一有机会，便拉住儿子问这问那。未来儿媳的相貌自然是要问的，不过，老人家最关心的还是对方的家庭条件。她曾听儿子说对方是干部家庭，这真是又好又不好。好是儿子果真有了出息，要不然干部子女怎么会看上他。不好的一点也明摆着，干部的千金可不是好伺候的。儿子老实，将来一定受委屈。她自作主张想了一大套能治服未来儿媳的办法，极认真地教给儿子。迟钦亭听了啼笑皆非，知道母亲也是个犟脾气，干脆不反驳，由她去说。

沐岚是本地人，父亲是省里的一个厅长。不过，迟钦亭从来不觉得沐岚身上有什么厅长千金的架子。也许这正是她的可爱之处。迟钦亭是那种完全靠自己努力闯出天下的人，一向很有自信心。虽然出身贫寒，但是作为名牌大学的大学生，门第观念对他已经没什么束缚。母亲的提醒充其量是增加了他的一点不愉快。他不承认自己会在做厅长的未来的老丈人面前怯场。然而当沐岚第一次带他登门拜访时，迟钦亭却免不了心慌意乱。

厅长家的房子并不像设想中那么好，那么豪华，唯一的特点就是比普通老百家的住处高级一些。也没什么了不起的家具，大大小小的沙发好几只，都有点陈旧和俗气。比沐岚小一岁的弟弟婚期已近，忙出忙进，正在布置自己的新房子。见了迟钦亭，不当回事地点了个头，火烧火燎地又去忙自己的事。

迟钦亭既未受到冷遇，也未得到什么热情招待。厅长陪他在沙发上坐了一会儿，借口有文件要看，一头栽进自己房里。沐岚母亲不停口地抱怨如今保姆难找，系着个围裙在厨房转，不停地指使沐岚做这做那。迟钦亭穷极无聊，坐在沙发角落里读过期的报纸。熬了半天，总算到了吃饭时间，沐岚母亲把沙发上的报纸理了理，塞进一个角落，回过头来问迟钦亭要不要喝点酒，迟钦亭犹豫了一下，客气着说不要。结果饭桌上只有迟钦亭和沐岚两人捧着碗吃饭，厅长和沐岚弟弟喝低度白酒，沐岚母亲是葡萄酒，除了迟钦亭不吭声，大家都争先恐后地谈自己的事，又争又吵闹了一阵，沐岚怕冷落了迟钦亭，不断找话题给他撑场面，又向父亲大谈特谈迟钦亭发表的那篇论文。

下次见面时，沐岚问迟钦亭，为什么那天在她家不肯开口。迟钦亭赌气说："在你那样的家里面，我怎么敢开口？"沐岚说："你这人怎么这么说话，我们家怎么了？"迟钦亭赌气不说，沐岚又问一遍，说："我爸我妈怎么了，难道对你不好，得罪你啦？看你生气的样子，你说，难道谁对你不好了？"迟钦亭恶狠狠地说："好，好得不得了！"沐岚拿他没办法，只好说："想不到你这人也会这么不讲理。你喜欢生气，那活该。"迟钦亭憋了一会儿，头昂起来说："别以为我配不上你，你回去跟你爸你妈说，我既然看上你了，你想不做我老婆也不行。别说你是什么厅长的女儿，就是省长、国家主席的千金，我照样要娶！你去跟他们说好了。"

沐岚忍不住笑了，说："你这人莫名其妙地不讲理。告诉你，我爸我妈对你还是满意的。他们说你有出息。"说完，把手伸进迟钦亭的掌心，让他捏她。附近还有别的人，这是她能表示的最亲热的办法。

迟钦亭已经很长一段时间内不参加校足球队的训练了。教练拿他毫无办法，一来他反正是毕业班的学生，派不了几天用场了，二来凡是谈恋爱的队员，球总是越踢越差。迟钦亭突然发现，毕业分配已迫在眼前。

系里开始找毕业班的学生谈话。迟钦亭家在外地，系里一个领导和他谈话时说，凡是外地学生，原则上还是分外地，但不一定回原籍。系领导的意思再清楚不过，很显然迟钦亭的对象在中文系而且是本地人已不成为什么秘密，因此他必须做好棒打鸳鸯分两地的准备。沐岚觉得这事问题不大，她爸爸在省里的熟人多，打个招呼就可以。

迟钦亭说："谁要你爸爸打什么招呼，我靠自己。分外地就分外地，没什么了不起的。"

沐岚觉得迟钦亭犟得可爱，也不跟他争，回去跟爸爸讲了，求他和历史系领导打个招呼。爸爸说："其实分在哪里不是一样工作，你们这些人呀，优越感实在太强。"隔了两天，委托打招呼的人来电话说，历史系领导表示迟钦亭留校没问题，他成绩好，而且在校期间发表过有影响的论文，系里面应该把尖子学生留下来。迟钦亭有一阵情绪很不好，分配方案公布以后，各人的名单一对号入座，他竟然在留校之列，不禁喜出望外。他没去想沐岚是不是起了什么作用，沐岚也不说，因为她自己确实也说不清。迟钦亭是要面子的人，她向他祝贺，买了一大罐可乐请他喝。

迟钦亭说："正好，我那笔稿费也来了，两百块呢，我们一起去游黄山。我请客。"

沐岚说："本来就应该你请，黄山我还没去过呢。"

两人定好在暑假中旬去黄山。迟钦亭毕业留校，新分了两人合住的寝室。没想到和他同住的那位老兄古怪得出奇，一天到晚，除了上厕所洗澡吃饭，不离寝室一步。也不像个读书人，成天什么书都翻，半导体一开就是半天。迟钦亭有个难说出口的印象，就是这位同室存心不让他和沐岚单独留在房间里。有一次这位怪人总算买了张电影票去看电影，刚看了一半，突然杀回来，大骂那电影不好看，搞得迟钦亭和沐岚十分尴尬，又哭笑不得。

倒是沐岚寝室的人渐渐走空。只剩下的李文林对象也要走了，走前一天，她笑着对沐岚说，她一走，这房间便是迟钦亭和沐岚的天下。沐岚脸大红，笑着要打李文林对象。

女宿舍的大楼前，一到夏天，便有女学生手书标语："暑天期间，男宾莫入。"但这毕竟是非官方的，男大学生要去找对象，照样堂而皇之闯进去。假期中因为留校人数少，看楼老太婆把关极严，动不动就是审贼似的问。她对迟钦亭没什么好印象，迟钦亭每次像是熟人似的和她套近乎，她也一概无动于衷，"不是我老太婆要存心刁难你，我知道你找女朋友，你想，这大热天的，如今这些大姑娘娃儿，露胳膊露腿的，你一个男的就这么闯进去，你想，你想呀。"

迟钦亭毫无办法，在楼道口站了好半天，那看楼老太婆才放他进去。有许多寝室已经没人。迟钦亭一边出汗擦汗地上三楼，一边无意识地东张西望。他没想到沐岚正好出去，迎面却碰上那位极漂亮的曾造成过误会的中文系姑娘。她住在沐岚隔壁的房间，大约是午觉刚醒，只穿着条小三角裤，上身是件白衬衫，睡眼惺忪地去上厕所，见了迟钦亭大吃一惊，又不好再退回去，硬着头皮从他身边走过。迟钦亭大窘，一边高声呼唤沐岚的名字，一边敲门，心里却忍不住要侧过脸去偷看。一道白光一闪，那位极漂亮的中文系姑娘已拐入盥洗间。白的印象深印在迟钦亭脑海里，白白的两条腿，和白衬衫浑然一体。沐岚很显然不在房间里，但是迟钦亭忍不住地还在敲门，只是越敲越轻，仿佛怕惊醒了沐岚一样。中文系的姑娘在厕所里屏了一会，总以为迟钦亭走了，偏偏一出厕所门拐进楼道，又和他打了个照面。

沐岚也在找迟钦亭，好不容易在校园里碰到他，埋怨说："你到哪儿去了，到处找你。"迟钦亭支支吾吾地说："哪儿去了，找你！"

沐岚说："明天就去黄山，我还有些东西没买呢，你陪我上街。"

迟钦亭不乐意地说，"买什么呀。"拗不过她，只好陪她去。买了一包东西回来，迟钦亭要陪她去宿舍，沐岚先是不答应，说他才去过，老去女宿舍不太好。迟钦亭很委屈地说，他刚刚跑的是个空趟。又赌着气反反复复地问："怎么不好？怎么不好？"

到了女宿舍门口，恰巧看楼老太婆不在。迟钦亭脸上是一种"你无话可说了吧"的表情，跟着沐岚就进了楼道。一个人也没遇上。沐岚摸出钥匙开门，隔壁房间的收音机在响。楼道上没人。沐岚的钥匙已插进锁眼，迟钦亭一阵躁动，忍不住推了推沐岚，也不知是让她快一点，还是怕惊动别人让她轻一点。门开了，他们几乎同时挤进去，沐岚回过头来，还没有把门销上，迟钦亭已经迫不及待地抱住了她。

去黄山旅游是桩花力气的事。第一天的长途汽车就够呛，吭哧吭哧地颠了一整天，气候又特别闷热，沐岚一路想吐，到了目的地，人软得都散了架子。游客多得到处都像刚散了电影，人声鼎沸，谈笑的声音，找人的声音，吵架和旅馆电视里的声音，叽叽嘎嘎搅成一片。虽然吃和住都由旅行社负责，却仍然有诸多不便。什么都讲究集体行动，统一吃早饭，统一出发，统一休息，统一这样和那样，到晚上睡觉也得统一，男的去男的大统铺一样的宿舍，女的也是。这情景仿佛是在战争年代，又有些像"文化大革命"中的学生拉练。

沐岚差点生场大病。女人生病，有一种别样的可爱，沐岚变得喜怒无常，动不动就发小姐脾气。每次发过脾气，又对迟钦亭无比亲热。迟钦亭也奇怪自己怎么被她治得服服帖帖。沐岚高兴时，便像小孩一般天真地与迟钦亭一起欣赏风景，不高兴时，嘟着嘴一声不吭，眉头紧皱着，就像谁得罪或欠了她什么似的。那天两人的兴致都很好，迟钦亭突然发现西边有一块云，因为夕阳的缘故，红得真像新流出来的鲜血，笑着指给沐岚看。沐岚脸一沉，冷笑着说："你为什么一看见血就高兴呢？"迟钦亭顿时有些不自在，想到自己曾经说过的一句话，连忙讨好地向沐岚表示亲热，但是任迟钦亭怎么哄她也没用。第二天早上看日出，山坡上凡是能坐的地方都是人。天冷得出奇，太阳偏偏搭足了架子迟迟不出来。迟钦亭怕沐岚冻出病来，让她坐在自己腿上，紧搂着她。天色微亮，看不清楚人脸，就是看清也没关系，反正大家来自天涯海角，互不相识。迟钦亭老低下头去问沐岚冷不冷，趁机轻轻地吻她。

迟钦亭发现他远比想象中的自己更爱沐岚。从黄山回来，李文林的对象有一封信给沐岚，说是要比原计划迟返校。寝室里依然是沐岚一人住。迟钦亭的确没有少去纠缠她，但是她每次都坚决拒绝。有一次沐岚忍不住哭了，怪迟钦亭只顾自己，她还有一年才能毕业，万一怀孕，怎么办。迟钦亭心里仿佛叫针刺了一下，不禁有些内疚。他和沐岚的关系，已到了一个很高的层次，为什么不能再熬一年呢。他心灵深处那根叫作圣洁的神经被触动了，举止陡然地就变得文明起来，文明得连沐岚都觉得有点怪，忍不住问他。他说："你反正是我的人了，不怕你跑了。"说了，有些后悔，怕沐岚生气。沐岚用拳头轻轻捶他，忘情地说："只要你喜欢我，我永远不会跑掉。"

一年的时间并不好熬。好在他们并没有什么机会，尽管住在一个学校，天天能见面，想不像修道士那样修行也不行。只是有一段时间是个考验。迟钦亭的同室带学生出去一个星期，这星期里他有些神魂颠倒。

记得市中心的那家药店，显赫的地方有个柜台专供避孕药品。有一次，迟钦亭去买药，无意中发现一男一女扭扭捏捏进药房，女的假装东张西望，男的走向供避孕药品的柜台，掏出红塑料封面的工作证扬了扬，一本正经指指柜台下面。柜台的营业员是位年轻姑娘，不当回事地取了一包塑料纸包着的什么，递给男的。一男一女高高兴兴手拉手走了，记忆中一些印象有时会像石刻一样凸出来，迟钦亭身不由主地骑车去了那家药店。买了管眼药水，又在那特定意义的柜台前犹豫。女营业员的白眼搞得他信心全无，他做了亏心事似的仓皇而去。

直到结婚以后，迟钦亭才把在药店里出的洋相说给沐岚听。沐岚无端地有些不高兴，突然变脸说："你脑子里全是这些下流的事。"沐岚这时候大学已毕业，分配在一家银行工作。

迟钦亭并不赞成沐岚去考什么研究生，女人只要能是大学毕业便足够。但是沐岚执意要考，考的结果是分数差一大截。她的锐气和傲气大减，委屈地哭了一场，把过错全推在迟钦亭身上。迟钦亭竭尽安慰之能事，安慰来，安慰去，沐岚便怀了孕。她又是委屈地大哭一场。迟钦亭想结婚，沐岚不答应，找了个地方流了产。流产以后，迟钦亭一再催着要结婚，沐岚一再坚决地不答应。临了，迟钦亭整个地没了信心，沐岚却松了口。口松了，却还留着个小尾巴，是先领结婚证书。

从领结婚证书到结婚，时间短得他们自己都不敢相信。也迫不得已，沐岚很快又一次怀孕。再一次流产双方大人不答应，迟钦亭不乐意，沐岚也害怕。于是只好结婚，草草地搞个仪式，仓促得就像去赶一场已经开场的电影，又像是无票上车的乘客被逮住了匆匆补票。

新婚的日子里，沐岚一直情绪不好。她这人满脑子现代意识。没恋爱时想的是独身，结婚前想的是不要孩子。偏偏迟钦亭不把标志着现代文明的避孕当回事，只图一时自在，全不为沐岚着想。沐岚觉得迟钦亭是存心想用小孩来捆绑住她的手脚。

新房就安排在学校里，是一个朝北的单间。大学已经毕业了，沐岚却改不了学生脾气，依然在学校听课。迟钦亭拿她毫无办法。女人的精力往往过剩，沐岚白天上班，晚上听课，十十足足像一位女强人。肚子里的胎儿已三个多月，她依旧穿条牛仔裤，赶来赶去，一头一脸的不知疲倦样。胎儿五个月的时候，一天晚上下课，她走得迟了些急了些，下楼梯时脚下一滑，屁股在台阶上磕了一记，当时只觉得疼，回家便有了流产的先兆。于是慌忙去医院，医生瞎折腾了一气，配了些药，关照要卧床休息，保胎。

沐岚又一次大折锐气。迟钦亭因为她不听自己的劝，正好有了说风凉话的机会。沐岚忍不住说："你这人怎么这么没出息，自己不求上进，也不让人家上进。真正俗气。"

迟钦亭便说："我是不上进，是俗气，不过你别以为上上什么夜校，听那么几节课，就上进了，就不俗气了，没那么容易的事。"

沐岚要保胎，不敢和他大吵，唯一的招数是赌气不理他。迟钦亭吃准了她不敢吵，趁机占便宜。沐岚没办法，只好哭。一哭，小夫妻便和好。迟钦亭上街买营养品，又买了价格极贵的荔枝给沐岚吃。

沐岚说："荔枝这么贵，你买它干什么？"

迟钦亭说："你跟了我尽过穷日子，吃几回好东西，也应该。"

沐岚不甘心自己独自吃，硬要迟钦亭一起享用，迟钦亭不肯。沐岚十分带感情地说："你别以为我是厅长小姐，吃不了苦。只要你真心喜欢我，穷，我不怕。"

穷是迟钦亭的心病。他们两人虽然都是大学毕业，却是地地道道的无产阶级。读大学没工资拿，因此两人的个人积蓄都谈不上。迟钦亭一向靠家里省吃俭用地养着，一旦工作，脸皮再厚也不忍心问家里要钱。厅长总算给了女儿一千块钱，加上迟钦亭家寄来的三百元，买了几样家具，添了些棉被和衣服，小两口的流动资金便是每月的薪水。好在大学是个宜于守贫的地方，大多数青年教师都穷，尽管知识不能当饭吃，然而大家都没有电冰箱彩电的，日子一样过。

沐岚的产期说到就到。厅长知道女儿女婿的窘境，又拿了一千块钱出来。又把一架因为买了彩电淘汰下的黑白电视机送给女儿坐月子时看。厅长夫人老是诉穷，迟钦亭陪沐岚回娘家，每次都得听她谈开支花销，抱怨涨价和钱不经用。

迟钦亭赌气不上老丈人家。沐岚知道他自尊心极强，穷得有骨气，凡是提到钱的地方都小心翼翼，就怕触到他那根犯忌的神经。可惜越想回避，往往越回避不掉。一来过日子不谈钱根本不可能；二来物极必反，沐岚越是表现出对金钱的无所谓，越是不在乎什么彩电冰箱之类，越是觉得穷日子反而罗曼蒂克，迟钦亭越是无法忍受贫困的窝囊。

沐岚正经八百地生了个儿子。这小孩承袭了他们两人的优点，极神气可爱。早在产房外徘徊等沐岚生产时，迟钦亭就打定主意，坚决不用沐岚家再次送来的那一千块钱。他把钱存入银行，而且存的是定期。没有什么比养活不了老婆孩子更丢人的。他也不知道自己是跟谁赌气。产房门口其他几位丈夫看他神态焦虑，小范围里来回一趟趟走着，只当他是在为产妇担心，又以为他是重男轻女的人，怕老婆生不了儿子。沐岚折腾了一夜才生，护士出来报喜讯，让他去取糖开水。他突然感到十分疲乏，拖着沉重的步子去病房。黎明的阳光从东窗射进来，照在病房的走道上，映着角落里的氧气瓶和挂生理盐水的铁架，红红的，像是一幅画。

迟钦亭往家里拍了电报，一是报讯，二是让已经退休的母亲前来照顾产妇婴儿。迟钦亭的两位哥哥和一个妹妹都是生的千金，他母亲嘴上说男女一样，时代不同了，心里却按捺不住抱孙子的喜悦，得意洋洋地去买了车票，一路风尘仆仆。下火车是半夜，他母亲知道儿子接不到电报不会来接，独自一人大包小包又怕有些不安全，在火车站坐到天亮，总算有人相帮着挤上公共汽车，问来问去，一直问到迟钦亭的房间。

三个儿子中，迟钦亭自小最不得宠。偏偏越宠爱的小孩越没出息。迟钦亭的母亲似乎有了悔过之意，一门心思想对小儿子好一些。沐岚从医院回来，看不过婆婆里里外外老农民一般地忙，讨好着说："妈，有些事你让迟钦亭做，儿子是他的，他应该忙的。"

因为只有一间房子，解决问题的办法便是迟钦亭去住学校的学生宿舍，借地方借床睡觉。月子里沐岚名正言顺地卧床休息。婆婆和媳妇初次遭遇，又像住旅馆似的天天在一个屋里挤着，客客气气相处了一阵。迟钦亭的母亲一向是做主脾气，凡事皆喜欢她说了算。她因为儿子媳妇是大学生，喝的墨水多，处处注意谦让。嘴上说："你们都是新派，我不跟你们争的。"看不顺眼的地方忍不住还是要说。迟钦亭和沐岚过惯了集体生活，天天吃食堂，到时间泡开水，锅碗瓢盆都不齐全。考虑到要生小孩的缘故，新买了一个小煤油炉。月子里炖鸡汤，小煤油炉玩具一样地不经烧，一会就没了油，火焰发红，锅底熏得漆黑。迟钦亭的母亲看看这小夫妻实在不像会过日子，一定要让儿子去买了煤炉和蜂窝煤回来烧。她又嫌食堂的菜贵而无味，索性叫儿子陪她去菜场认了地方，然后天天自己去买，买回来又是自己忙自己烧。儿子便把家整个地托给她管，反正是吃现成，而且吃得好，高兴时就说几句好话表扬她。沐岚却不以为然，觉得把时间都花在吃上，不值得。

矛盾是从经济开始的。小两口的死工资有限，月底总是银根紧缺。况且自家开伙并不比食堂省钱。食堂的大锅菜不好吃，毕竟是在公家菜场买，价格相对合理。大学的食堂向来以价廉物美著称。不像私人菜场上的小贩，素菜卖了肉价钱，还要笑话顾客吃不起别买。迟钦亭的母亲开始把自己的私人积蓄投资在伙食账上，迟钦亭和沐岚起先浑然不知，后来知道了，也不客气，只说还是吃食堂好，省事，省钱。老太太觉得儿子媳妇是嫌她多花了钱，心里一千个不痛快。吃辛吃苦地维持了这个家，结果反倒吃力不讨好。

沐岚的产假满了，要去上班，便对婆婆说，她一人又带小孩又烧饭，显然忙不过来，干脆吃食堂算了。做婆婆的无话可说，赌气说："就舍不得个食堂，也不知有什么好吃的。"脸色极难看地把托她当家的钱还给儿子，背后到处对邻居说："我们大老粗说，那食堂都吃不来，她一个干部家的小姐，倒吃得津津有味，真亏她的。省那几个钱干什么？"

这话自然会传到沐岚耳里，她叹着气对迟钦亭说："想不到你妈这人这么俗气。我吃食堂是吃得津津有味，怎么样？"

迟钦亭尴尬地打圆场说："其实妈妈的意思也不坏。"

沐岚说："真想不通，我不在乎穷，倒有什么不对的。本来就穷么，有什么办法。"一句话触动了迟钦亭的心病，不耐烦地说："反正她是你妈，你不要跟她吵。"沐岚冷笑说："你也太看错人，我会跟她吵，跟她一般见识？"

迟钦亭因此心烦意乱，动不动就发火。为了老婆的面子，他和母亲吵。为了母亲的尊严，他又和老婆吵。有时弄不巧，婆媳两人都和他吵。吵来吵去，加上小孩的哭，家里从此没了安静。他赌气住在学生宿舍不回来。他母亲舍不得，去找，去哭，搞得全校都知道。

接下来，是迟钦亭的母亲要走。她觉得自己做了不花钱的老妈子，越是能吃苦耐劳，越被儿子媳妇看不起。对媳妇自然更是一肚子不是，既看不惯她那不会过日子的小姐脾气，又恨她那整天爱理不理的活死人模样。有好几次成心和媳妇干一架，但是沐岚冷冷的就像听不懂她的话，临走，沐岚照样不冷不热地送她，该说的客气话都说了。

送走了母亲，迟钦亭闷闷不乐，问沐岚下来的日子怎么过，沐岚仿佛早有准备，看着他皱眉头的苦脸说："没什么大不了的，找个小保姆就是了。"找小保姆要多花钱，沐岚的意思，是父亲给的一千块钱该用就得用。迟钦亭有一种屈辱的感觉，但又没有别的选择。

找保姆也不是桩容易事。几乎所有的保姆都嫌他们家的条件太差，住房太紧，没卫生设备，没煤气，没彩电冰箱，没洗衣机。在保姆介绍所，大多数一问沐岚家的条件就摇头，也有的说是去看一看，看了以后，有当场走的，有干了一两天就走的，长的也不过十天半个月。一个年轻不漂亮看上去老实敦厚的小保姆做了一星期后，突然问沐岚什么时候买彩电。当时的彩电供应还不像几年后那么紧张，进口原装货付了钱就可以扛回家。沐岚支支吾吾地回答说："买了彩电，要影响读书的。"小保姆反问说："黑白电视不是一样影响吗？"沐岚和迟钦亭哭笑不得。事实上他们自己忙得很少看电视，厅长淘汰下来的十二英寸黑白电视一向是个摆设，小保姆来了，怕她寂寞，便成了她的专利，没想到她想看的是彩电。

有一天，沐岚从外面回来，发现小保姆正在房间里用痰盂大便，心里有些不高兴，说了她几句，小保姆回嘴说："谁叫你们家没卫生间的。"沐岚生气说："厕所就在楼梯口，为什么不能走几步，你想想，我们还在这房间吃饭呢，臭不臭呀。"小保姆说："当然臭，屎还能不臭！"沐岚想到找保姆难，只好不理她。到晚上，小保姆去洗碗，手上一滑，一叠碗除了搪瓷的，都碎了。迟钦亭发火，训了她一顿，她便哭着要算工钱，要走。小保姆正巧干了十四天，沐岚打算给她半个月工钱，迟钦亭执意不答应，十四天就十四天，一点便宜不让小保姆赚。小保姆没想到遇上这么吝啬的主人，顺手牵羊拿了沐岚一双八成新的红皮鞋。

再下来的保姆是熟人介绍的。小姑娘因为受了后娘欺负，赌气跑出来。这是他们遇到的最好的小保姆，人老实，又特别喜欢他们的儿子，可惜不多久小保姆的父亲便找了来，不由分说，拉了女儿就走。

过日子想不到会这么难。他们对找保姆整个地失去信心。请教境遇和他们差不多的青年教师，都说最好的办法是把小孩托人带。附近的几个街道居委会迟钦亭都去打听，得到的回答几乎一样，现在的日子富裕了，没人愿意给人家带小孩。乐意带小孩的都是些年龄已大的家庭妇女，这些人现在要么是自己小孩大了，要带孙子和外孙女儿，要么是家里的第三代虽没出世，但是第二代考虑到面子问题，不让自己母亲给人家带小孩。帮人家带小孩怎么说也不是桩光彩的事。幸好历史系一位老师有熟人，所谓熟人，就是曾经带过她女儿的一个家庭妇女。这位家庭妇女的两个儿子在外地工作，两个女儿还在上学，男人已退休。沐岚和历史系的那位教师横求竖求，说了一大堆好话，又是辅导他们女儿考大学，又是认亲戚，最后算是答应。

说好了星期一把小孩送去。

想到马上要把六个月的儿子送给陌生人去带，小夫妻很有点舍不得。沐岚说："想想也没什么，反正是白天送去，晚上要回来的。"又说："看看那家很干净，那奶奶人也和气，肯定会对我们儿子好。"说了，竟暗自落下眼泪来。她心里想，要是迟钦亭的母亲肯帮忙，他们也不至于把这么小的小孩托出去。自家人毕竟是自家人，自家人不帮忙，有什么办法。

小两口带儿子去儿童乐园玩，儿子太小，只能看别的小孩玩。

到送小孩的那天早上，迟钦亭和沐岚一起去送。小孩一到奶奶手上就哭，奶奶是有经验的，不当回事地说："不要紧，不要紧，你们走。"沐岚心疼地又要流泪，她银行的上班时间快到，硬着心肠走，关照迟钦亭无论如何陪一会儿子。奶奶说："小孩都这样，刚开始哪能不哭！"迟钦亭搭讪着留了一会。奶奶的脸色越来越不好看，连忙告别。一出门，他儿子的哭声响得整幢大楼都听得见。他折回去，奶奶说，他这么一来一去，小孩只有哭得更厉害。迟钦亭商量说："我偷偷走，不让他看见。"

中午吃了饭，迟钦亭正要睡午觉，沐岚哭着回来说："你倒有心思睡觉。儿子在那儿，嗓子都哭哑了，那奶奶也是，太不好说话了，我自己的儿子，凭什么不让看。"

迟钦亭牢骚满腹说："有什么办法，只有这条路，不求她也不行，我们总得做事。"他后悔当初没听沐岚的话，一结婚就要个小孩真是个错误。沐岚在一旁哭个不停，迟钦亭说："哭有什么用，又不能把小孩重放回到肚子里去。"

沐岚哭了一阵，还要去上班。上班时顺带又去弯弯。她不敢进屋，只在远处听。远远地仿佛听见了儿子沙哑的哭声，偷偷走近，才知是错觉。到晚上，儿子接回来，怎么哄他都不笑。半夜里无缘无故地死哭，嗓子是哑的。

这样的日子直到儿子两岁，让人心酸的事实在太多。迟钦亭住的那个楼道，有一家的情况和他们绝对相似。男主人是数学系的讲师，女主人在省级机关工作，小孩也托给一个老奶奶带。两家碰一起，有意无意便会讲到小孩给人带的种种不好。都是有一肚子意见不敢提，借背后议论发泄发泄。都抱怨大学毕业生的工资太低，除了名气好听之外，一点好处都没有，都恨自己死板不灵活，学校的奖金可怜，偏偏书呆子脾气挣不到一点额外收入，都和社会上的同龄青年比，同混得好的熟人比，越比越穷，越比越潦倒。人穷志短，想怄气都不敢。

迟钦亭的儿子学走路时，有一次奶奶没看好，竟从楼梯上滚了下来。跌得不轻，颧骨上皮戳了一块。迟钦亭心痛地说了几句责备话，奶奶忍气吞声听了，第二天便找借口，说是不能带小孩了，奶奶说："我那两个女儿一直不让我带，说还当真缺那几个钱呀，是我自己不好，硬要撑着带。其实我这身体也不行，你们另找人吧。找个保姆就是了，又多花不了几个钱。"那天正好是沐岚送儿子，听了奶奶的话，赔笑脸说现在保姆不好找。奶奶说："没这话，有钱还怕找不到保姆。你们都是大学毕业，还在乎这几个钱！"

沐岚忍无可忍，冷冷地说："那好，我们找找看。"

回家和迟钦亭说了，要他拿主意。迟钦亭光火说，"我有屁的办法，没听说现在小保姆比过去更难找。你也是的，答应奶奶找保姆干什么！你就跟她说我们找不到。"

沐岚很委屈："我没法不答应她。"

迟钦亭说："什么没法，你答应的，你去找。我，反正找不到。"沐岚觉得他太不讲道理，人是他得罪的，他一时痛快，擦屁股的事却要别人来做。迟钦亭不以为然地说："我当然应该教训她，她把我儿子摔成那样，凭什么不能说她。"

结果是小夫妻两人吵一架，都说气话，说狠话。吵过了便和好，两人恩爱一番，坐下来心平气和地商量对策。对策是上街买些东西，到奶奶家赔礼道歉。沐岚眼睛红着，克制着不让泪水流出来。奶奶过意不去，说："我哪是这意思。娃儿我带好了，礼物你们带回去。"迟钦亭和沐岚执意不肯，奶奶又说："娃儿跌了，老实说我也心疼。唉，人老了，手上滑，连我都差点摔了。如今都是独生子女，都宝贝得不得了，你想我能不怕负责任吗？我也不是逼你们，我也知道，你们也难。大家说过就算了。"说着，见沐岚的眼泪已流出来，心头也跟着难过，哽咽着说："你们放心，娃儿我喜欢。我就是拿他当孙子一样看的。人老了，脾气犟，你们别在意。"

沐岚很感动。迟钦亭回家酸溜溜地说："有什么好哭的。我们出钱，她拿钱，凭什么涎着脸去求她。"沐岚好好的心情又让他搅坏，嫌他死要面子活受罪，赌气不理他。迟钦亭开始让步，说好话哄她，他从内心不愿意为小孩一天吵两次架。

他们的居住环境要想不吵架也难。十二平方米的一间北屋，没阳光，整日在阴郁的气氛中。小孩一回来，高兴时笑，不高兴时哭，房间里没有一刻的安静。空间太小，放个屁都没有不臭的地方。也不能有一个人心境不好。坏心境传染起来，比流行性感冒传得还快。结婚两年多，他们吵架怄气的日子和恩恩爱爱的时间一样多。总算不像一般夫妻吵架那么大声嚷嚷。迟钦亭急了有时会高声大叫，但是沐岚从不。沐岚是一种文明的吵，冷战，真有气或者假有气，动不动就是三天不理迟钦亭。周围的邻居情形仿佛，恶劣的生存环境使夫妻无法不吵不闹，男女双方像是置身于一个小小的蛐蛐罐中，物价问题孩子问题事业问题乱七八糟的问题，刺激得人发疯似的好战。正在吵架的夫妻往往被暂时休战的夫妻劝，表面上是说服别人，实际的对象是自己："何苦呢，大家过日子这么不容易。"

吵架怄气和恩恩爱爱是对孪生兄弟，民间有不打不骂不成夫妻之说，又所谓打是疼骂是爱。就一个房间一张床，想不吵架避一避的地方都没有。怄气时也想到离婚。离婚的念头又叫各式各样的困难吓倒吓退。大家得睡一张床，了不得是一人睡一头，背朝背。结果都一样，轰轰烈烈吵架，上床；甜甜蜜蜜和好，下床。

沐岚的绝招是逃回娘家，一住三天。有时带儿子，有时不带。住在娘家也怄气，她弟媳妇气量极小，外面虽然有一套住房，一天三餐都吃在公婆处，沐岚为弟弟找了个小市民老婆感到惋惜。

迟钦亭有一天照镜子，无意中瞥见鬓角之际有根白发，用手指摘了半天，捉不住，让沐岚帮忙。沐岚捧着脑袋，看了一会，说："呀，不得了，好多根呢。"迟钦亭顿时有了感叹。说，不知不觉中，人竟老了，三十功名尘与土，镜中衰鬓已先斑。沐岚说："你别掉书袋子，我才是真老呢。前几天我把那牛仔裤找出来穿，你知道，简直套不上。"迟钦亭说："那是胖。"沐岚说："废话，女人的胖，就是老。"迟钦亭说："那小姑娘胖呢？"沐岚说："不跟你说了，你这人不懂。"隔了一会儿，沐岚极有深意地说："那你说，我有没有老？"

"你——"迟钦亭迟疑了一下，笑着说："没注意。"这话滑头得恰到好处，迟钦亭知道不论肯定与否定，沐岚都不满意。果然她说："你滑头。"想了想又笑着说："你根本不注意我，我知道，你对我早没什么兴趣了。"

"哪能呢，"迟钦亭做出一本正经的样子，"我正是太注意了，所以看不出。所谓熟视无睹嘛！"其实他心里倒喜欢沐岚的变化。纯情少女形象的沐岚并不出色，起码是风韵上有些欠缺，各方面看上去都单薄。

迟钦亭喜欢成熟些的女人。

迟钦亭的老同学李文林分配在出版社工作，近水楼台先得月，人在出版部门，熟人多，信息准确，出书便容易。李文林拉着迟钦亭一起翻译外国通俗小说，说好了稿费从优，而且可以预支，迟钦亭一口答应。沐岚知道他要译书，总觉得是在干什么大事业，千鼓励万支持，家务事不要他碰，尽量给他创造条件，眼见着翻译好的稿纸一张张多起来，沐岚感叹说："外语到底有用的，你看，可以译书。"她这话是针对迟钦亭一向认为外语没用而发的。迟钦亭说："这能算什么用，翻译点通俗小说，骗几个稿费是真的。"

大学的教学任务并不重，迟钦亭笔头很快，一个多月，就把自己的一份译好了。能者多劳，他又帮李文林翻译。李文林的水平显然不行，有不少地方译错了，迟钦亭核对了原文，能改的地方都改过来。接着稿子交给出版社，很快就发稿，而且征订的印数极高，畅销已经没有疑问。出版社依约预支了稿费一千块，又向他约稿，翻译另一部通俗小说。李文林知难而退，说下一部你自己一个人干吧。

迟钦亭把一千块钱捧了回去，心头止不住有些乱。大学教师实在太穷，一千块几乎是他一年的工资，小夫妻合计了半天，吃不准是先买彩电，还是先买冰箱。沐岚受过小保姆的气，建议先买彩电，厅长给的那一千块尚未动用，凑在一起正好买彩电和洗衣机。迟钦亭想了想，摇头说："不，先买冰箱，我就是不想动那一千块钱，都熬到今天了。"沐岚说："钱是你挣的，随你。"

书出版以后，很快销售一空。紧接着重印第二版。有一家刊物打听到迟钦亭正在赶译另一本畅销书，跑来找他，要求先在刊物上连载他的译稿。当时那书已译了大半，迟钦亭便让刊物抓紧连载，他自己又和外地的一家出版社联系第三部译稿。结果两三部译稿几乎同时交给两家出版社，原著的档次虽然很低，但都是因为能赚钱，出版社欢迎得不得了。

迟钦亭因此在翻译上小有了些名气。好几家出版社纷纷和他订约稿合同。他也变得越来越精明，懂得了怎样谈条件，怎样要挟出版单位。不过一年多时间，迟钦亭名利双收，经济上翻了身，只差套房子。沐岚单位正在建造，算来算去，横竖有她一套。

书稿多得来不及翻译。迟钦亭在译第三部书时，历史系的两位学生曾来帮过忙。这两位学生是迟钦亭的得意弟子，一男一女，正悄悄谈着恋爱。迟钦亭和他们说好，下一部书与他们一起翻译。没想到恋爱谈着谈着谈崩了，男弟子中途退出，不再介入翻译，结果这部书变成了迟钦亭和女弟子合译。

女弟子经常来向迟老师请教，于是和沐岚也十分熟悉。她属于那种没多少信心的女孩子，动不动便非常惶恐地说："迟老师，算了，别签我的名吧，我不行。"迟钦亭和沐岚都觉得极其可笑。沐岚背后说："这小丫头怎么这样，没信心，干脆别干算了。"迟钦亭说："其实她还是不错的。"又说，"小女孩都这样。"沐岚笑着说："你怎么知道都这样？"

迟钦亭成了一架翻译机器。历史系领导开始有意见，迟钦亭是青年教师中的尖子，人的精力毕竟有限，他一心扑在翻译上，个人业务水平当然受影响。失恋的男弟子又有失体统地告了自己老师一刁状。系领导更加慎重其事，把迟钦亭找去谈话，既要他能耐得住清贫，不可赚钱赚昏了头，又要他在和女弟子的交往中，掌握分寸。分寸一词只可意会，不能言传，系领导拍拍迟钦亭的肩膀，相信他全懂。

迟钦亭一肚子牢骚回家，后一个问题比较敏感，他不敢提，只是反反复复说系里看不得他赚钱："我怎么了，这钱是我一个格子一个格子爬出来的，他们妒忌也没用。"沐岚说："我看你们领导也没什么错，你呀，就是一下子栽到钱眼里不肯出来。"她接着举例说，迟钦亭每天译完了一定字数以后，从来不说译了多少，只说是又赚了多少多少钱。迟钦亭顿时语塞，十二分的不满憋了一会爆发出来说："你讲什么现成话！赚钱怎么了，你说怎么了，别摆出人家俗气自己清高的腔调来，这钱你也用的。"

沐岚说："你本来就是俗气嘛。"

迟钦亭恨得咬牙切齿，瞪着的眼珠子像子弹似的随时会脱膛而出。沐岚说："用不着这么凶，你想吵架，吵就是了。"迟钦亭恶声恶气说："吵就是了，你早就想吵了。"

结果沐岚回娘家住了一星期。这一次的隔阂最深，表面的和好消解不了已有的矛盾。潜在的危机躁动不安，大地震的前兆开始出现。迟钦亭和沐岚决定心平气和地坐下来，郑重其事谈一谈。迟钦亭说，贫贱夫妻百事哀，他们的毛病出在生存环境太差，动不动就吵已成习惯，老是吵，很自然就伤了感情。迟钦亭觉得自己拼命赚钱，是为了改变生存环境。"掉钱眼里就掉钱眼里，有了足够的钞票，坐下来做学问也不晚。难道我不知道这些畅销书没什么意思，这是叫生活逼的，你若不理解，还有谁能理解？"

沐岚说："我说问题还在我们自己身上。感情这玩意，要不断发展才行。你好好想想，你心里有没有我了？"

迟钦亭觉得沐岚永远改不了那种罗曼蒂克的女才子脾气。夫妻就是夫妻，这关系是特定的，所谓继续发展感情，在理论上是通的，有意识地实践便变得滑稽可笑。感情怎么发展，到了尽头却还要走回头路，难道再谈一次恋爱，再结一次婚？太太平平地过日子比什么都强。还有什么比过日子更难呢？他们好不容易熬到今天这一步，大家很好地珍惜过去就足够。

沐岚单位的新房子分配了。银行是有经济实力的衙门，沐岚这样的一般干部，也分到一套比大学副教授好得多的住房。迟钦亭突然发现自己梦寐以求的东西都有了，不禁有一种失落感。失落了什么，他也不清楚。

儿子满了三岁，因为外公的缘故，进了全省最好的一家幼儿园，全托。

该有的都有了。想实现的也实现了。迟钦亭不知道沐岚有没有类似的失落感。他们开始像谈恋爱时期那样逛公园，看通宵电影，甚至计划重游黄山。

有一天，迟钦亭正在家翻阅译稿的校样，沐岚领回两个人来，一男一女，男的叫李银，是沐岚单位的同事，长得极其瘦小，文绉绉的戴一副高档的平光镜；女的是沐岚中文系时的同学，就是那位曾让迟钦亭产生过误会的美人儿。美人儿毕业后也是留校。和迟钦

116

亭是大范围内的同事。他知道她丈夫是物理系的老师，正在美国攻读博士学位，过去在校时因为不在一幢楼，常见面却从不曾打过招呼。他奇怪沐岚怎么会领了这一男一女来。

沐岚说："巧了，今天来的这两位都是有事求你。噢，他们不认识，偶然碰到的。这是李银，我们办公室的，他对外语有兴趣，非要叫你指导指导他。这位呢，我们老同学，唉，你们见过吧，她叫庞鉴清。"

庞鉴清笑着点头，迟钦亭也跟着点了点头，转向李银说："其实我外语极差，哪能教你。"

李银说："哪能呢，沐老师说，你都翻了好几本书。"迟钦亭第一次听人称沐老师。"迟老师你别客气。"李银又说。

迟钦亭说："这有什么客气的。"眼睛望了望庞鉴清，又望沐岚，沐岚说："庞鉴清，老同学了，你自己和他说吧。"庞鉴清笑着摇摇头，眼神极亮，四处打量着，不说话，怔了怔，突然说："你们家真漂亮。"一边去拉正忙着泡茶的沐岚，"唉，沐岚，还是你帮我说吧。"

沐岚无可奈何地耸了耸肩膀，说："好吧，非要我说，我就说。"原来庞鉴清教书之余写了部长篇小说，知道迟钦亭和出版社方面的人熟悉，请他帮着推荐推荐。

两个客人先后走了，沐岚向迟钦亭大谈李银："我跟你说，这小家伙用功着呢，就可惜差一张文凭。你真该好好教他。"迟钦亭有些想不透，学外语可以去上夜校，可以跟广播学。为什么偏偏找他这个非科班出身的半瓶醋呢。他不忍心在同事面前驳沐岚的面子，但是很快就发现李银根本不是什么读书的料子。原先说好，由迟钦亭为他排难解疑，可是他连疑难的问题也提不出，而且一点谈不上用功。迟钦亭很快明白他的本意是找沐岚聊天的。

庞鉴清由迟钦亭领着去见李文林，李文林笑着说："哟，都是老同学嘛，有什么不好说的。"迟钦亭突然想起李文林的老婆和沐岚包括庞鉴清都是同班，脸不由得红了一下，说："真是，要我介绍什么，你完全可以直接来找他嘛！"庞鉴清说："你现在名气大了，当然要找你。"

事后，沐岚有一次无意间问起庞鉴清的小说写得怎么样，迟钦亭说："我怎么知道，又没看过。"沐岚又说："哼，保证好不了。"迟钦亭问为什么。沐岚又说："她那人，那么轻浮，能写出好东西来？告诉你，当年她是我们系有名的系花，上大学时，谈的男朋友多着呢。"迟钦亭相信沐岚说的是真话，庞鉴清的性格一眼就能看出来。在出版社，她几乎一下子就和李文林打得火热。迟钦亭因此和沐岚开玩笑，说她不应该把这样的女人带回家来。沐岚说："就你这样，她才不会看上呢！你别做梦。"

迟钦亭的女弟子毕业分配去一个边远城市，心绪极不好地来向老师告别。她没想到自己的分配去向会这么不如意，既没有留校，也没有留在本市。很显然迟钦亭帮了倒忙。虽然他和女弟子的关系经得起最严格的挑剔，但是系领导为了防患于未然，早就有了把女弟子分得远远的设想。生米已经煮成熟饭，分配结果一旦公布，便彻底失去了讨价还价的余地。迟钦亭望着凄凄惨惨的女弟子，除了安慰她来年可以考研究生，竟找不到更好的更恰当的话说。女弟子忽然伤心得哭起来。

沐岚回家时，女弟子依然泪痕未干。迟钦亭十二分的狼狈，极其尴尬地送女弟子走。下了楼，女弟子迟迟不去，迟钦亭心烦意乱。

仅仅是凭直觉，迟钦亭便知道有一场暴风雨要来临，沐岚的脾气是让人横不好，竖不好。迟钦亭知道自己无论解释不解释都讨不了好。沐岚虎着脸等在那里，迟钦亭见了一肚子窝囊，一肚子恼火，故意不看她说："真正岂有此理，那么远的地方根本轮不到她去。"说了，抬头看沐岚，她已经忙别的去了，迟钦亭冲她的背影喊道："我跟你说话，听见没有？"

沐岚白了他一眼，冷冷地说："对不起，我不知道你和谁说话。"迟钦亭光火说："见鬼，这房间就我们两个，我能和谁说话？"沐岚说："那谁知道。"又说："你发什么火？"

吃晚饭时，沐岚只拿了自己的碗筷，独自一个人闷声不响地吃起来。迟钦亭打心里不想吵架，又取了副碗筷，一边盛饭，一边笑着搭讪说："你这人，吃醋都是邪门歪道。"

沐岚说："你别得意，我吃什么醋啦。"说了，低头只顾吃饭。吃了一会，斜着眼睛说："你这人也能让人吃醋？"

迟钦亭解嘲说："是呀，像我这样的，哪能让老婆吃醋。"沐岚极其厌恶地瞪了他一眼，他没察觉，以为一场暴风雨躲过去了，一本正经地又说："其实，我们应该讲些平等才是。"

沐岚不说话，等他说下去。

"你看看我的表现，每次你单位的那个李银来，我表现怎么样？"

沐岚不懂地问什么怎么样。迟钦亭说："换了别的男人，早打破醋坛子了。我多好，那小子跟在你后面，屁颠颠地，心术绝对不正，我只当没看见。"沐岚带点挖苦地说："是呀，你真宽宏大量，人家勾引你老婆也不急的。"

迟钦亭一时改不了口，只好说："能勾引就好，说明你还是有吸引力嘛！"

沐岚差点跳起来，继而转为冷笑，幽幽地说："我吸引你不容易，吸引吸引别人恐怕还不难。我跟你说，李银就等着你和我离了婚娶我呢，你信不信？"

迟钦亭变脸说："我当然信，有什么不信的。"沐岚说："当然相信。你那可爱的女弟子，今天还不就是来说这样的话吗？难怪你还要讲什么平等。可惜——"

"可惜什么？"迟钦亭的脸变青了。沐岚咬牙说："可惜还不够漂亮！"迟钦亭恨不得扬手打沐岚一记耳光，两眼充满敌意地看着他，足足一分钟。气时的沐岚忽然十分难看，头发蓬乱，满脸倦容，迟钦亭一股恶意油然而生，忍不住脱口说："你说不漂亮，我看还可以，起码不比你差到哪里，没听说情人眼里出西施吗？"沐岚眼里要喷出火来，发着抖说："好，好，是你说的。"迟钦亭说："是你逼的。"

两个都动了肝火，索性大吵一场，或许倒好一些，偏偏两人像贮存能量似的把怨气都积蓄起来。到睡觉时，沐岚把迟钦亭盖的那条被子扔到了长沙发上，独自蒙头就睡。按照惯例，只要迟钦亭把被子重新捧上床，便是和好了一半。惯例的另一组成部分，是他钻进沐岚的被筒。这晚上积怨太深，迟钦亭赌气在长沙发上睡。沙发的海绵太软而且高低不平，他翻来覆去地睡不舒服。沐岚同时也在辗转反侧。夜深人静，偶尔可以听见汽车在马路上高速行驶的声音。正是月色最浓的时刻，银灿灿的月光风一般地吹进来，房间里黑是黑，白是白。迟钦亭突然翻身站在地上，走向录音机，把音量钮调至最低，摸出一盘磁带来放，是沐岚最爱听的一位台湾歌星的抒情歌曲。沐岚下意识地裹了裹被子，迟钦亭转身走回长沙发，重新躺下。音乐声像泉水一样在房间里汩汩流着。

美妙的音乐可以改善人的心境。因为都睡不着，都在听女歌星温柔的歌声，迟钦亭和沐岚都觉得今天的行为太过分，无论是自己还是对方。道高一尺，魔高一丈，大家硬着头皮斗来斗去，仔细想想何苦。感情这玩意脆弱得像张薄纸，一戳一个洞，一拍一道痕。歌声越来越轻，倦意越来越浓，两人脑袋昏沉沉，似睡非睡，似醒非醒，似梦又非梦。

第二天，沐岚匆匆忙忙去上班，迟钦亭还在睡觉。恰好是星期六，接儿子回来的日子。小孩是夫妻和睦的催化剂。儿子接了回来，尽管还保持着冷战，两人的斗志已是强弩之末，暴风雨即将过去势在必然。一周不见，儿子有许多话要和爸爸妈妈说。爸爸长，妈妈短，迟钦亭和沐岚在儿子一连串的追问下应答不暇。

谁也没想到李银突然会来。很显然，不速之客来得不合时宜。迟钦亭第一次注意到李银不是称呼"沐老师"，而是极亲切地叫"小沐"。他一进门，神色匆忙地看了迟钦亭一眼，然后目光转向沐岚，叹了口气，双手一摊，嘴里含糊不清说了句什么，想说又不方便说的样子。迟钦亭起身走向卧室，卧室门砰的一声。

沐岚和李银说了一会话，儿子在一旁无聊，便进卧室找爸爸玩。迟钦亭问儿子李银走没走，儿子说："没走，李叔叔还要在我们家吃晚饭呢。"

这顿晚饭是历史上最窝囊的一顿晚饭。沐岚似乎存心气气迟钦亭，旁若无丈夫地与李银说笑。李银有时找出话来和迟钦亭说。迟钦亭只当没听见，一声不响。吃了晚饭，李银要告辞，沐岚白了迟钦亭一眼，赌着气说："干吗，你别走，"一边起身收拾碗筷，一边又说："我还有话呢。"

李银坐在沙发上为迟钦亭的儿子说故事，沐岚在洗碗，迟钦亭坐在一旁等着说一句话。这句话直到李银再次告别时才说，他用的是极平静的语调，一点都不激动："在我们还没有最后离婚前，希望你下次不要来。"他的食指微弯，指点着李银戴的那副考究的眼镜，就像平时吓唬儿子不许做什么事一样。李银大惊失色，想笑，笑不出来。沐岚也是惊得无话可说。事后才想到她当时完全可以理直气壮地说，房子是以她的名义分配的，她想让谁来，就可以让谁来。这句话没说，沐岚后悔一辈子。

迟钦亭毫无疑问地又睡了一星期长沙发。因为睡不自在，腰酸背疼。白天乘沐岚上班不在家，迟钦亭才有机会上床睡午觉。夫妻之间的冷战最无聊。大家还在一个房子里，都做出怄气的样子。样子摆久了，不仅像是做戏，而且压根在做假。两个人搞得兴味全无，气还在怄，硬做出的气鼓鼓，其实都已是走了气的皮球，瘪塌塌的。一周以后儿子回来，迟钦亭领着他去儿童乐园玩，到晚上睡觉，儿子吵着要和他一起睡沙发。迟钦亭说："沙发这么窄，两个人怎么睡？"儿子要沐岚和迟钦亭换地方，沐岚只当没听见。

迟钦亭因此说："老这样做戏大家都累，我们好好谈谈怎么样？"

沐岚没好气地说："谈，有什么好谈的，我等着你'最后离婚'的日子呢！"这句话一直让沐岚耿耿于怀。

两人都在等台阶下，偏偏又都不给对方台阶。只要一闹别扭，心里想的嘴里说的实际做的，全不是一回事。迟钦亭已经上床，在哄儿子睡觉。沐岚站一旁，毫无表情地看着他。迟钦亭说："要睡沙发，你睡，凭什么老该是我。"沐岚一阵冲动，上前抱了被子就走，迟钦亭想拉住也来不及，嘴上只好说："我可没叫你去，这是你自找的，别怨我。"

沐岚看穿他似的狠狠一个白眼，赌气在沙发上睡了。迟钦亭有些恼火，说："我们要吵，就吵个痛快，这样不死不活的，太难过。"沐岚猛地坐起来，冷笑说："离婚就离婚，干吗要吵个痛快呢！"迟钦亭说："我不是这意思。"又觉得自己话太软，赶紧补一句："离婚，离婚吓唬谁？"

儿子半夜醒来，突然要妈妈，迟钦亭睡意蒙眬地敲了他两记屁股，小家伙索性放声大哭，一定要沐岚陪他睡。夫妻两个只得忍气吞声换地方。迟钦亭这一忍，直忍到天亮。气越忍越足，早上起来，他气鼓鼓地这样，气鼓鼓地那样，又上街买了张小床，气鼓鼓地搬回家，放进他那六平方的小工作间。

最初的分居像游戏。在喜剧气氛中，沐岚参观什么似的，极认真地研究了那张小床，半真半假说："我们是不是还应该分开来吃？"她仿佛早看透了迟钦亭迟早会不睡这张小床，似笑非笑地拍了拍床板，"既是买，何不买一张好点的呢？”迟钦亭也是似笑非笑。

两人纯粹在闹着玩。两人同一个房间吃饭，看电视，配合默契地分工做家务，最后像外国夫妇那样各自回房间睡觉，只差相互道声晚安。两人孤零零地上床，正是因为孤零零，孤零零的滋味提醒大家还在怄气，怄气已到了尾声，谁也没想到这场分居会这么长，长得像细细的风和流水，像小蛇游过的踪迹，而且最终可能导致离婚。

儿子从幼儿园放假回来，对老子的小床羡慕得不行，爬上去乱蹦了一气，质问迟钦亭：

“爸爸，你不是说这小房间将来是我睡的吗？”

迟钦亭说：“你急什么？”

儿子说：“不，我要睡嘛！”

迟钦亭说：“好，你一个人睡。”

儿子想了想，说：“我跟妈妈睡，就让你一个人睡这儿，让大灰狼来拖你。”

迟钦亭叫儿子画图画。儿子用老子的笔老子的稿纸，画了个头上梳着辫子的小女孩，两只眼睛一大一小，嘴和鼻子是两个差不多的圆圈。迟钦亭笑着说：“丑死了，这腿和膀子像树棍。”

夫妻俩不在一张床上睡觉，实实在在可以省掉许多事，迟钦亭和沐岚的脸色红润了不少。都觉得这样也好，各自好干些事。自从儿子进了幼儿园，沐岚一直有那么点精力过剩。再去考研究生，这是几年前的旧梦，如今不敢重温。将就的办法是去读夜校，上公共关系课。公共关系近几年颇时髦。招生广告上说得如何如何，沐岚缴了学费，听了几次再也不乐意去。教学质量差得不像话。一位刚死了老婆的特聘先生，主讲的内容是关于如何与异性交往。特聘先生有些口吃，除了亮出他那张印着一长串头衔的名片时有几分威风之外，结结巴巴地讲课，更像是在法庭上交代问题。来听课的大多是工厂的青工和机关中没文凭的干部，沐岚觉得自己一个正牌大学生，和这帮人搅在一起，真正没那个必要。况且天天晚上迟回来，也怕迟钦亭多心，醋意大发。

迟钦亭想写一部书，学术性强一些的。这念头由来已久。过去心总是定不下来。翻译小说毕竟不属正业，他翻的都是蹩脚的畅销书。好像有一股惯性在拉着人走，他的目的既然是在稿费，自己就成了架造币机，只要机器运转，钞票便会哗哗地淌出来。钱不是什么坏东西，出版社盯着他索稿，读者喜欢看，钱的诱惑总使他撒不了手。他老想着有一天自己会赚足了钱，然后定下心来做学问。

沐岚借了厚厚一叠的琼瑶作品回来消磨时间。结局是迟钦亭也成了琼瑶的读者，一本接一本地和沐岚换着看。沐岚说，琼瑶的书写给我们女人看的，你来什么劲。迟钦亭说，就是因为给女人看的，所以男人也得看。沐岚鼻子里哼的一声，看透似的白了他一眼。

类似的小斗嘴不断。本义显然是为了和好，结束怄气。偏偏事与愿违，抬杠子的话一扣扳机就从嘴里面射出来。有一次，迟钦亭甚至服软说："我们和好算了，老这么做戏，也累。"

沐岚有些吃不透，脱口说："原来你是一直在做戏？"

迟钦亭说："我不想和你吵，这一阵，这一阵我心情不好。"

沐岚想说："心情不好不想吵，那心情好的时候，还得吵了？"她不想和迟钦亭再斗嘴，因此采用不开口的绝招。迟钦亭脸色有那么点难看，她不愿意在他心情不好的时候惹他。两人都在等对方说话。僵了一会，迟钦亭叹着气回自己的小工作间继续译书。

第二天，趁迟钦亭去上课，沐岚为他收拾房间。房间里乱得像单身汉宿舍。臭袜子只剩了一只，另一只怎么也找不到。翻开枕头，沐岚发现几本外国画报，一眼看过去就知道是有裸体女人的那种色情意味的画报。她体验到一种说不出的滋味，有些赌气，又有意无意地忍不住要翻开来看。

楼下有人叫了一声。隔了片刻，沐岚才突然想到似的奔下楼去。送信的人刚刚走。信箱里有两封信，沐岚发现自己忘了带信箱钥匙。

信都是迟钦亭的。一封来自出版社，一封来自迟钦亭的女弟子去的那座边远城市。沐岚一阵冲动，两封信全拆了。女弟子的信绝对经得起沐岚的挑剔。很显然，迟钦亭就心境不好诉了一大通苦，女弟子根据这话题，反过来对老师说了一大通安慰的话。

沐岚陡然间有了一大堆后悔，后悔不该拆信，这事至少有点失她的身份。后悔不该拆两封信，两封信都拆了，失手拆错信的借口也不可能成立。后悔去读那信的内容，没抓住把柄，反落下了把柄。后悔该她说的话，却让一个小毛丫头去说了，把安慰男人的专利拱手转让实在有些不甘心。迟钦亭的心境明摆着的不好，他的脸上藏不了什么事。沐岚前些日子遇到历史系的一位领导，这位领导以爱给人穿小鞋闻名，爱给人穿小鞋的领导叫沐岚劝劝迟钦亭。

最后悔的，是沐岚把女弟子的信就那么留在迟钦亭的写字台上。这一着棋大错特错。索性作弊，把拆过的信照原样封起来。索性撕开脸训斥几句，拼着吵一场。偏偏沐岚选择了一个最窝囊的办法。女弟子的信偷偷地放在那儿，偷偷地就没了。也许沐岚还指望迟钦亭会老实坦白交待，她真是太傻。

秋天很潇洒地就到了。沐岚买了套惹人注目的衣服，烫了发，在房间里旁若无人地走来走去。这架势有些咄咄逼人，迟钦亭感到自己快招架不住。

求和的信号弹已经发射，但是沐岚似乎在等待对方的无条件投降。

迟钦亭千方百计地想唤起自己往日对沐岚有过的激情，他知道她在想什么，正如沐岚知道他在想什么一样，大家都在硬着头皮做戏。天真的可笑和可笑的天真，像是那种老牌的没了油的打火机，除了啪啪冒出无效的火星之外，再也燃不起能够点着情感的火焰。也许本意都是为了维护两人共同创造的一切，然而事与愿违，越是想守的东西越守不住。迟钦亭极力使自己去想结婚以后过过来的不容易日子，总以为会有些感伤，实际上却是无动于衷。

老是这么僵下去真正无趣。不战不和，不死不活，迟钦亭打定主意要尽快结束这场闹剧。夫妻分居造成了性欲的很大压抑，迟钦亭发现自己这方面的要求时而像快喷发的火山，时而像千年古井中的死水。冷战使人成了非人，夫妻成了非夫妻。他想到译书时曾遇到的一句名言，那是情场屡屡得意的男主人公说的：

"男人对付女人，只要再野蛮一些，再温柔一些，就行了。"

迟钦亭不知道自己是该野蛮一些还是温柔一些。反正主意已定，不战不和的局面一定要到此为止。他打算对沐岚好一些，不失身份地对沐岚再温柔一些，甚至那天晚上李银突然来了以后，迟钦亭也没有最后放弃自己的想法。那天晚上李银来得太突然，当时他正在小工作间里翻大厚本的字典，听到那个不想听到的男人声音，他最初的冲动是闯出去。这念头在他捏紧拳头的一刹那就已经消失。他不想让自己太可笑太丢脸。天毕竟刚刚黑，而且李银的高声恰恰是故意让他听见的。他既不愿去研究李银在说什么，也不想再一次使这文绉绉戴着高档平光镜的小伙子狼狈不堪。小伙子胆敢再来的勇气就该佩服。迟钦亭发现自己直想笑。

李银刚走，沐岚就进了迟钦亭的小工作间。看得出，她想解释什么。迟钦亭有一种大获全胜的预感。沐岚在他身边立了一会儿，看了看他译的草稿，搭讪着问他要不要喝水。迟钦亭点点头，沐岚拎起水瓶倒了水，带些不满说："你哑啦！"说了，到外间去看电视。

迟钦亭心不在焉地胡乱翻了半天书，才到外间去。

沐岚正极认真地在看电视，丝毫没有意识到迟钦亭来的表示。迟钦亭在长沙发的另一头坐下，一起看电视。电视上正播放健美比赛，男女运动员鼓起了一块块失去了真实感的肌肉，对看电视的人做表情。摄像机拍特写时，镜头始终围绕着女运动员上半身转。看了半天，迟钦亭弄明白的唯一一桩事就是运动员的夹肢窝里没有毛，没有黑的汗毛。

"这有什么好看的？"迟钦亭把脚搁在长沙发上，看着沐岚说。

沐岚侧过头来，冷冷地看了他一眼，继续认真看电视。隔了一会，才说："当然没什么好看的，你要看的，都是光屁股的，藏在枕头底下，一个人偷偷看，多有趣。"沐岚脸冲着电视，有些赌气，有些讥笑，仿佛是在议论电视机里的人。

迟钦亭感到有盆冷水从头顶上浇下来。他的腿本来想去碰沐岚的，却僵在途中再也伸不出去。这是潜意识中已经预料到的结局。迟钦亭像个局外人一样，猛地看清了自己，他没有表情地看着沐岚，似乎有些没看透她，又似乎太看透她了。大家都是既看透又没看透。

突然，沐岚起身，说："对不起，我睡了，请你关关电视。"

迟钦亭还没有反应过来，只听到一阵乒乒乓乓的碰撞声。沐岚在卫生间忙了一气，走出来，径自进卧室，砰的一声，门关上了，插销刺耳地响了好几下。

迟钦亭不愿意去琢磨卧室的门到底有没有销上。他觉得好笑，觉得自己好笑。电视里正在进行发奖仪式。一位胖胖的赞助单位的西装笔挺的企业家十分尴尬地在发纪念品。迟钦亭直到电视机里最后一个频道对他说再见，才把电视关掉。

刺耳的插销声似乎一直在响。连续几天，都这样。

从阳台上，看得见楼前的马路。下班时分，迟钦亭有意无意地会在阳台上往下看。沐岚和李银总是一同过来，分手，两人都习惯性地往阳台上望，匆匆忙忙地一瞥，像是完成一个规定动作。迟钦亭明白沐岚的用心所在。不知怎么的，他觉得自己时时想笑。

庞鉴清的长篇小说终于没能出版。出版社的借口是这样的小说不赚钱。庞鉴清自己倒不觉得怎么样，迟钦亭却有些帮不上忙的内疚。两人好歹算是熟悉了。庞鉴清的家就在学校附近。迟钦亭有课去学校，正碰上她也有课。下了课，走在一道，庞鉴清发出邀请，迟钦亭很自然就去做了客人。

一个小套，又是在最高层，庞鉴清的家让人有一种超脱的宁静感。家具简单却极有风格，两只小半圆沙发，一张席梦思很随便地放在地上当床。床上的被子没有叠，凌乱而不破坏整体的和谐。适当的不整齐往往比过度的整齐更能体现生命意识。正午的阳光从南窗射进来，明亮得逼人。庞鉴清问迟钦亭要不要把窗帘拉上，他摇摇头。

连迟钦亭自己也没想到他会在庞鉴清家里吃饭，虽然已不是第一次来，虽然他和庞鉴清已是相当的熟。电饭锅煮的饭，炒鸡蛋，炒青菜，午餐肉罐头。吃了饭，庞鉴清冲了两杯咖啡，雀巢咖啡。满屋的咖啡香味。

庞鉴清说："什么时候，你带着沐岚一起来玩。"

迟钦亭不说话。庞鉴清说："你们吵架了？"

庞鉴清又说："其实我丈夫在国内时，也经常吵。吵吵就好了。你——"

迟钦亭盯着贴在墙上的照片看。庞鉴清的丈夫正在美国的一幢高层建筑前盯着他们看。

庞鉴清说："我丈夫倒好，他一个人在美国，连家都不想要了。"

咖啡喝完了，庞鉴清问他还要不要。

迟钦亭突然说："我想瞎说几句，你不会介意吧？"庞鉴清一怔，看着他，眼睛里已经没有了吃惊，很随便地一笑，仿佛是在鼓励他说。

迟钦亭想说是她造成了他和沐岚的姻缘。想说没有她，自己的故事就得改写。想说她给他带来的美妙瞬间和永远的失落感。想说得含蓄些，又想说得大胆些。想拐弯抹角，又更想直截了当。无数个念头同时碰撞，冒出五颜六色的火花来。他说了，结结巴巴，说了什么，自己也弄不清。

庞鉴清缓缓地走到窗前。她有些脸红，情不自禁地用手去搓。阳光照在她身上，女人的线条显得更突出。风吹着她额前的头发，轻轻地动着，动着。很久，她才转过脸来，看着迟钦亭。迟钦亭也正对着她看。要是能永远这么看下去就好了。

迟钦亭回家，天已黑下来。他很疲倦，说不出的疲倦。沐岚攥着他女弟子的一封来信正在等他，一推门，一张毫无表情的脸对着他。这场面实在有些荒唐滑稽。沐岚脸上没有一丝激动。迟钦亭伸出手去，要那封信，沐岚盯着他看了一会儿，把信给了他，好像是准备研究他到底怎么拆那封信。

迟钦亭没有拆女弟子的信。转身，想往小工作间逃，沐岚追在后面说："我和李银在一个办公室，不说话，大家也难处。"

迟钦亭很奇怪沐岚会说这些，忍不住掉头问："你们怎么了？"

"什么怎么了，"沐岚气汹汹地说，"我们没怎么。自从那次，那次我拒绝和他一起看电影，他是聪明人，也该明白我的意思了。"

"什么意思？"

沐岚狠狠白了他一眼，脸有些紫胀。迟钦亭不在意地又问："电影，什么电影，他请你看什么电影？"

"《柔情蜜意》，内部票。"

迟钦亭想说什么，无从开口。

沐岚说："我让他和他女朋友一起去看，他说他女朋友看过了，他女朋友……"说到这儿，迟钦亭已走进了小工作间，猛地一下，坐在小床上。嘭的一声吓了沐岚一跳，自己也吓一跳。小工作间的灯没开，一种灰蒙蒙的黑。沐岚站在那儿，人倚在门框上，看着迟钦亭。迟钦亭坐在黑暗里，手上捏着女弟子的信，看着沐岚。夜光台钟上的阿拉伯数字放着微光，暗绿色的光，秒针吃力地走着，走得很慢。每走一小格，轻轻地跳一下，轻轻地抖一下。

去　影

1

十五年前老掉牙的故事，好像压箱子底的旧衣服，抖开来闻闻，淡淡的感伤夹着霉味樟脑味。那小得不能再小的池塘早就填了，池塘边一株洋槐依然，大了些，粗了些，满地残叶满地阴影。十五年走过的路遥远得像本厚厚的书。打开这本厚书，迟钦亭记忆中，最初的印象，是站在洋槐下数他的第一次工资。一同进厂的徒工似乎都在那数钱。政工干部小宋伸着细长的脖子，夹着腿，站在简陋的厕所门口，系着下面的小纽扣，十二分得意地问大家是不是都拿到了工资。

新进工厂的徒工老规矩学习十天。读报纸，听该听的话，参观车间，了解厂史，象征性地讨论，每人交篇小结表态，十天过去，负责新徒工学习的政工干部小宋仿佛完成一桩大事，撵鸭子似的带他们去领工资，又一个个送到车间，边打哈哈边往各自的师傅那儿塞。

迟钦亭的师傅张英显然知道他要去。初次相遇，显而易见有些不好意思，匆匆扫了他一眼，笑着让座，回过头去和政工干部小宋说笑，说笑的内容早忘了，只记得嘻嘻哈哈说了笑了半天，迟钦亭的师傅和前来串门的武师傅缠着政工干部小宋，不让他走。

"我还有事呢。"政工干部小宋说。

"别搞得像个人，你有事，吓唬哪一个？"武师傅年龄和迟钦亭的师傅仿佛，小小的眼睛一张大嘴，说话干脆利索，"你少来这套。"迟钦亭的师傅在旁帮腔，说越有事越不让他走。接下来的话有些猥亵意味，政工干部小宋涎脸作逃跑状，两位师傅追着要打他。

迟钦亭坐在那儿有些发木。两位师傅好像突然想到似的，关心起他来。迟钦亭的师傅介绍说："噢，这是武师傅。"

武师傅说："这小伙子长得真不错，妈的，小宋倒给你送了个小白脸来。"

迟钦亭的师傅很不高兴地瞪了她一眼。

武师傅不当回事地继续说："喂，小家伙，今年多大了？"

"十七。"迟钦亭止不住一阵脸红。

"十七岁！"两个女人互相对看了一下，各自叹口气。

"也好，这么大岁数进工厂，是早了点，可总比下乡好。"武师傅看着迟钦亭的师傅说，"我那娃儿，再过两年，也是初中毕业，我代他算过了，肯定也是下乡的命。"

房间里只剩下迟钦亭和师傅两个人。坐在那一言不发，有些尴尬。大家都找话，找出来的话说不了几句就完。迟钦亭突然问道："张师傅，你今年多大了？"

"我？你猜猜。"

迟钦亭红着脸摇摇头。他只是随口问问，要他猜，得动会儿脑筋。

下班回家，迟钦亭的母亲和姐姐正在卫生间。听见儿子的声音，母亲连忙问候，问了一会话，母亲忍不住说："你师傅是个女的？"

儿子白了母亲一眼，这话用不着回答。母亲又问："她多大？"儿子说："你管她多大。"母亲说："妈随便问问都不行！"儿子说："你问就是了，人家多大，跟你什么相干？"

迟钦亭的姐姐气鼓鼓地从卫生间出来，瞪着眼睛，说："怎么了，怎么了，有话都给我好好说，怎么了？"

母亲转向女儿求援，"你看你弟弟，刚上班就凶成这样子！"

姐弟俩都不把母亲放眼里。姐姐新洗的脸，一股雪花膏香味直往迟钦亭鼻子里钻。母亲局外人似的站在旁边。姐姐说："你工资拿了？拿了，就得请客。"

弟弟说："下次拿了，再请。"

"不行，要请，当然得用第一次工资。"

"这次不行。"

"不行也得行。"

"跟你说我这钱有用，下次，下次一定。"

"不行。"

"那我不管，"弟弟开始撒赖，"你再逼我，下次也不请了。"

"那得告诉我，你要用第一个月工资干什么？"

母亲赌气去忙别的事。迟钦亭脸涨得通红，发急说："不干什么。"

"不干什么？"姐姐一排细牙紧咬住下嘴唇，审视了一会弟弟，十二分狡猾地说，"哼，你不说，我也知道。"

"你知道什么？"迟钦亭一阵心慌，刚白下来的脸刷地又红了。

"你脸别红！"

"谁脸红了？"

"你，就是你。"

迟钦亭胸口怦怦乱跳，仿佛有几只肉乎乎的小白鼠在心脏上爬过来爬过去。他完全没必要这么心慌。没人知道他想要干什么。他想要干的还没开始，别人没办法知道一个人脑子里正在想的事。他姐姐胸有成竹的样子实在让人担心。整整一个晚上，他都在盘算自己有没有露出马脚。熬到上床睡觉，迟钦亭脱了衣服在被窝里躺了一会，又跳下床，重新披挂上毛线衣毛线裤，跑到姐姐和母亲睡觉的房间，有一句无一句地说闲话。母亲奇怪儿子迟迟不睡觉，儿子却说第二天是厂休。话越扯越多，越乱，越不着边际。做姐姐的像是在故意兜圈子。好不容易母亲睡着，姐姐说："你有话快说，要不睡觉去。"迟钦亭觉得很无聊，既憋气，又怕显出自己心虚，讪讪地又闲扯几句，仓皇而去，回到床上，他开始后悔自己该说的该问的话一句也没有扔出去。

第二天回想起来，迟钦亭的担心毫无道理。做贼心虚的说法按说跟他根本沾不上。就算姐姐已经知道，说穿了也没什么大不了。他知道自己将要做的事迟早会被姐姐知道。纸包不住火，男子汉敢作敢为，他似乎已体验到一种英勇献身的崇高。

这一天阳光灿烂，吃了早饭，从刺眼的阳光下走过，到处一片辉煌。二胡正在家等他，迟钦亭敲门进去，迎面碰上二胡奶奶。因为住在一个大院，老奶奶免不了拖住他说几句话。二胡不耐烦地过来干涉，说人老了废话啰嗦，见着谁都没完。老奶奶让孙儿教训得有些难为情，不高兴地嘀咕了一句，往厨房走去。迟钦亭望了一会老奶奶的背影，回过头，有几分兴奋地对二胡说："我钱带来了！"

"什么，你真把钱带来了？"二胡脸上做出些为难的样子。

"不是说好了的吗？"

"这——"

"怎么了？"迟钦亭的脸上飞过一片沮丧的阴云，"不是说好了的吗，你不能说话不算话。"

"唉，我跟你说，这事有些难办。"

"怎么难办？"

二胡把迟钦亭带到自己睡觉的地方，两人并肩坐在床沿上，怔着不说话。迟钦亭急了，说："怎么了，你说话呀？"二胡手指在下巴上揉着，摸出了两个硬币，开始拔自己的胡子，越拔越认真。迟钦亭眼睛有些发红，气鼓鼓说不出话。隔了一会，二胡叹气说："我跟你说，这事有些难办。"

"怎么难办了？你得把话说清楚！"

"真的。"

"什么真的，到底怎么了，书没了？"

"书倒是在。不过，不过你知道，我不管怎么说，比你大，到时候人家会说我赚你。"

"我心甘情愿，谁管得着。"

"人家可不会这么说。"

"钱是我自己的，是我的工资，没人能管我。"

"你的工资，"二胡似乎有了些兴趣，"你也拿工资了？"迟钦亭很自豪地把身上的钱都掏出来，不由分说便往二胡手里塞："喏，都在这儿了，十四块钱工资加两块钱车贴，全给你。"二胡有点不好意思地数了数钱，说："要不是在乡下抽烟抽得凶，不瞒你说，你钱再多一位数，我也不会把它让给你。你知道，这书反动。"他打开抽屉，掏出一本旧报纸包的书，递给迟钦亭。

迟钦亭仿佛捧宝贝似的接过那本书，四下里望了望，想走，二胡说："你急什么？噢，对了，还有十枚毛主席像章。"抽屉又一次打开,二胡拎了一串毛主席宝像出来。"我跟你说,你绝对不吃亏,"他指着其中一枚说:"这枚是夜光的,晚上贼亮,可值钱呢,"语调里颇有些依依不舍。迟钦亭接过那串毛主席宝像,拎在手里像看一串活的螃蟹,不在意地说:"像章你留着,我只要有这本书就行。""不,"二胡很果断地摇摇头,"我当时搞来,和这书一起搞的,我不能赚你,你拿去好了。跟你说,我这儿老人家宝像多呢,不稀奇,你拿去吧。"迟钦亭知道二胡有收藏像章的癖好,他说值钱,可能就真值钱,也不再客气,又玩了一会儿,告辞回家。

旧报纸里包的是托尔斯泰的压卷之作《复活》。在特定的时代里,这部具有世界意义的作品非常不适合中国国情。阳光依然灿烂,迟钦亭捧着《复活》,走过一片光明。很快到了家,母亲和姐姐都不在,房间里静得只听见机械闹钟嘀嗒嘀嗒在响。他十分激动地钻进卫生间,借小便的机会,平静一下自己过度的兴奋。

邻居家晶体管收音机突然被打响,极小的喇叭音量最大地唱着样板戏。迟钦亭捧着《复活》在房间里没头没脑转了一圈,走到吃饭台子面前,小心翼翼揭去旧报纸,又找来糨糊,很细心地把破损地方一一贴好。忙得差不多,取了纸笔,对《复活》傻傻注视一阵，在白纸上毕恭毕敬练了一会儿字，脸陡然通红。

《复活》的扉页上有一处空白正好可以用来题字，迟钦亭孩子气地揉了揉手腕，抿着嘴，喘着粗气。在空白处投下了最大的虔诚，写下不知想了多少遍的一句话：

送给最最亲爱的青青

下面的签名是英文字母 R。这签名煞费苦心并且让人得意。R 颇有些像"迟"字里的"尺"。两心若是相印，心有灵犀一点通，青青不至于会糊涂得弄不清"R"是谁。等到该做的都完成，迟钦亭意犹未尽，另取了一张白纸，在上面反反复复写青青。

附近一家邮局照惯例中午非常空。因为早一天都问清楚了，迟钦亭进了邮局，四下看了看直奔专寄印刷品的柜台，营业员一看投递的地址，笑着说出邮局门不用五分钟就可以送到，干吗还要花钱邮寄。"真的？"迟钦亭装作并不知道这地址，扯谎说是别人让他寄的。营业员热心过度叫他干脆亲自送，说这样不仅省钱而且快。迟钦亭极不乐意地道了谢，硬着头皮捧书仓皇而去，出了门站在那犹豫，一个熟人路过，问他在干什么。他的脸红得血仿佛要涌出来，似是而非说了句话，掉头就走。走出去一大截，他才临时做出决定，在城市的另一端找家邮局。

2

张英发现自己有了个性格异常古怪的徒弟。起先她只是觉得他太内向，羞答答怕说话，腼腼腆腆像个女孩子，男孩子相貌像他这样文静和漂亮实在不多见。他常常静静坐在那儿，想不完的心思，木木的仿佛一尊塑像。脸上永远一种病态的苍白，大眼睛美丽而且忧郁，最惹人注目的却是他那只具有古典意味的鼻子。"张英，你这徒弟怎么回事，三拳头揣过去，屁都没一个，怎么回事？"厂里的同事和张英闲聊，忍不住带点气愤问她："他对你也这样？"

"人家是干部子弟，到我们这样的小厂来，不习惯。"

"算了吧，"闲聊的同事说，"如今这年头，不下乡，就便宜他了，干部怎么样，多大的官呀，到这来摆阔。"

张英不得不护着徒弟，"到底是小孩子，才十七岁呢，再说，你想他腿也有些毛病。"

"哎，这就对了，十个瘸子九个坏，心理都不正常。"

张英把话题扯开，她不愿意别人这么说她的徒弟。几乎从一开始，她对迟钦亭就有种特殊感情。她小心翼翼对门口望了一眼，担心他会像幽灵一样悄悄掩回来。迟钦亭小时得过麻痹症，一条腿是跛的，为了不让人轻易看出来，他走路出奇的慢和庄严。他总是无声无息进进出出，常常冷不丁吓张英一跳。有时，她正和他随意说着话，猛一回头，人早不知哪儿去了，要不就是以为他不在，却突然发现他一个人正静静地坐角落里。

时间过得很快。那时候贴墙上的单张年历又重新流行，张英从工会要了张新年历回来换，换好了以后想想，迟钦亭进厂也快一年。学徒照规矩三年才能满师，她作为师傅，也没有什么技术可教徒弟。检验工只要学会了使用各式各样的量具，除了认真二字，并没有多少难度和技巧。何况张英自己半路出家，她原来的工作是装配，成天拧不完的螺丝上不完的活塞。

迟钦亭一声不响走回来。他慢慢走到了工具箱前，把带出去的量具一件件重新放好，工具箱里放着一小截自来水管，这是张英向水电工要了准备偷偷带回家派用场的，迟钦亭拿起来看了看，也不问哪来的，朝着角落的垃圾桶扔去，咚的一声，狠狠吓了张英一跳。

"回来啦。"张英讨好说。

"几点了？"他拿了肥皂盒准备去洗手。张英连忙看手表，说："哟，该吃饭了，我去拿饭盒吧。"迟钦亭一边去水池洗手，一边说："不，我去。"张英说："算了吧，今天我去就是了。"迟钦亭有些不高兴，站在门口，回过头板脸说："我说我去就我去。"张英知道徒弟的脾气越说越犟，只得讨好让步："那好，我来热菜。"

工厂里干活都在食堂蒸饭，自己从家里带菜。张英偷偷备了个小电炉，每天吃饭前热热菜，迟钦亭的菜放在大白搪瓷缸里，回回大半缸，有荤有素十分丰富。菜热得差不多，迟钦亭捧着两个饭盒回来，进门就说："你这饭盒真难找，每次都找半天。"张英饭盒的右上角刻了朵小花，食堂的光线极暗，要想辨别雷同的铝饭盒的确不容易。张英不止一次想到了要重新做个记号。

车间里特地隔了间小屋给检验工放贵重量具，这小天地本来是车间女工聚集的地方，一到吃饭时间，人多得坐不下，自从有了迟钦亭，人渐渐少到了没有。迟钦亭永远是不高兴。来串门就得看他那张脸，别人想想犯不着。师徒二人已经习惯了闷声不响坐那吃饭。一种极特别的氛围，迟钦亭孩子气地认真吃着，铝质匙子有节奏地刮饭盒，张英忍不住要侧过头来看他。

吃饭时，电炉上照例烧大半脸盆水。这水被张英用来洗师徒二人的饭盒，习惯上都是由迟钦亭拿出去在清水里过一过。迟钦亭属于那种有洁癖的男孩子，一日里露天的水池边不知洗多少回手。水池再过去十米处便是那简陋的厕所，又矮又小的窗子，芦席搭的顶。厂里边女工比男的多，常常有人一边聊天一边站那等。洗干净了饭盒，他捧着无精打采地往回走，张英出去串门了，他一个人走到角落里，背靠冰冷的铁皮工具箱，瞪着眼睛发呆和想心思。

两天前姐姐和母亲的对话对迟钦亭来说记忆犹新。当时正吃晚饭，话题突然转到了青青身上。姐姐问母亲："妈，你昨天见青青，说什么了？"迟钦亭一惊，牙齿咬了一下舌头，疼得含着嘴吸气。"说什么。"母亲有些奇怪，"没说什么呀。"青青是她女儿的同学和好朋友，过去常来常往，中学毕业后在郊区的农村插队，昨天正好街上遇到，极随便地聊了几句。"真没说什么？"女儿不放心问着。"怎么了？"母亲依然有些奇怪。"没有就好。我还以为你得罪她了。要说也怪，她已经多少时候不到我们家来了。今天我碰到她，叫她来玩,她答应了,到了大院门口,怎么也不肯进来。"母女俩青青这样青青那样说了一阵,迟钦亭胸口有一种别扭,默默吃了一连串白饭,临了,筷子在空碗里捡米粒。

几乎是从第一次见面,迟钦亭就喜欢上了青青。青青家住得离他家并不远,常常放了学,说着笑着跳着和他姐姐在院子里玩。小书包就扔在地上,踢毽子跳牛皮筋。全是女孩子游戏。男孩子们都不情愿和跛脚的迟钦亭玩,迟钦亭最大的乐趣,是和姐姐与青青一起跳牛皮筋,三个人的游戏实际上是两人玩,迟钦亭拉着牛皮筋木桩似的竖在那永远是个陪衬,他姐姐和青青蹦得满头大汗。青青有时候好心叫他一起玩,他总红着脸说自己不会。迟钦亭害怕出丑,更害怕他姐姐毫不留情地突然拿他的腿取笑。

那时候她们刚上中学。社会上乱得根本用不着上课,上了课也用不着做作业。男孩女孩成天都玩。迟钦亭记得青青老是一双带搭扣的红皮鞋,短裙短丝袜,玩起来,那细细长长充满活力的腿动个没完。记得有一次她们要到城市的另一端去看部纪录片。迟钦亭闹着要一起去。姐姐说:"我们女孩子一起玩,你是男孩子,跟着我们干什么。"迟钦亭的绝招唯有拖住姐姐不放。姐弟俩动手打起来,先是姐姐哭,然后轮到弟弟。

终于由青青发话，她站在迟钦亭一边，掏出自己的小手绢为他擦眼泪。还有一次情形相仿佛，也是姐弟俩动手，迟钦亭掏出削铅笔的小刀，把姐姐的牛皮筋割得一段一段的。姐姐和弟弟分头哭泣，青青却走向了迟钦亭，用好话哄他别哭。越哄越委屈，哭得越厉害。当时他想，要是青青是自己姐姐，多好。

小姑娘的青青变成了大姑娘。迟钦亭也体验到了自己身心发生的变化，出于那种不用说的感情，每当青青上他家来玩的时候，迟钦亭都有一种近似恐怖的不好意思。他总是偷偷一人躲在另一间屋子里，又总是忍不住一次次出去向姐姐问这问那。他很少再和青青面对面说笑，尽管这种场合说给姐姐听的每一句话，相信青青都能听到，就好像青青说的每句话他都能听明白一样。他的初恋情人是个毫不含糊的文学爱好者，迟钦亭曾经极成功地翻过姐姐的抽屉，抽屉里放着一本向青青借的笔记本，翠绿色塑料封面笔记本里摘抄了《牛虻》中的大段对话，从姐姐无心的谈话中，迟钦亭不断很轻易并且不露痕迹地知道青青爱看什么样的书。

短暂的午休时间喘口气便过去，车间里又响起机床轰隆声。迟钦亭的心思还没想完。张英蹑手蹑脚走进来，笑着对他做了个手势，让他继续休息。检验工的活儿十分轻松，张英一个人顶着都不觉得累，她打开工具箱，挑了几种量具含笑而去。

迟钦亭继续坐在那休息，发呆和想心思。青青不愿登门的消息按说不该使他太难过。他早就有了充分的心理准备，自从打城市另一端那家邮局出来，手上还沾着湿糊糊的糨糊残余，他便意识到自己已经走到尽头。少年故事的最后一页翻了过去。新的无尽无望的等待正使他麻木。他并不奢望青青会爱他，甚至都不奢望青青会回封信。那是一种最最空虚的等待，一种没有任何内容的盼望。他心甘情愿扮演永远的失恋者形象。他的梦想是重复出现的戏剧性场面，是青青遇到了一位比他强的白马王子，美满的结合受到种种挫折，他为了青青的幸福不断做出牺牲。牺牲的方式千姿百态，有时壮烈有时委婉，想到青青在为他流下感激的眼泪，迟钦亭心满意足死而无怨。

现实中的青青对他并没有多少意思，她也许根本就没有把这样一位小弟弟放在眼里。迟钦亭永远忘不了那天的遭遇，大约是寄出《复活》的两个月后，正下着蒙蒙细雨，他们两人谁也没有打伞，匆匆走过时匆匆的照面，青青显然不愿理他，小嘴富有表情地撇了撇，眼神迅速转向别处。一瞬间的遭遇成了永恒。空气中蒙蒙的细雨仿佛无数个小虫子在飞，湿的感觉渐渐加强加重，先是头发和脸，紧接着是肩膀，最后浑身湿透。羞辱的记忆像墨汁泼在了宣纸上，一圈圈渗出去，深淡不一的湿晕印成一朵盛开的鲜花，花朵之上点缀着亮晶晶的露珠，那是迟钦亭在心里悄悄淌下的泪。

迟钦亭懒得去想再一次遇到青青会怎么样。那次悲惨的遭遇差一点使他得肺炎。连续的高烧伴随着沙哑的咳嗽，打针吃药全不见效。负责替他看病的一位戴眼镜的医生很有些束手无策。他住在一个朝南的病房，高高在上，就靠着窗，窗外是连绵不断的秋雨。他姐姐和母亲天天来，一次次上楼下楼，又着急又嫌烦。请了几位医生来会诊，说了一大堆可能性。没人知道迟钦亭是心甘情愿地乐意生这场病。

车间里的机器带着怪异的呼啸声，突然接着命令似的全停了。张英回来说："见鬼，刚上这会班就停了电。"

迟钦亭站了起来，伸了个有点夸张的懒腰，想随便说句什么，嘴张了，词儿一直没出来。车间里几位活跃分子笑着进来，甜甜地喊了声张师傅，各人找了样东西当凳子坐，又把脸盆翻过来略微擦擦当桌子，捋袖擦掌要打牌。张英说："发霉，怎么跑这来打牌，都给我出去。"

众人笑着抓牌，说："凭你张师傅，哪能说这话。"

张英忍不住笑，"别跟我说好话。"

众人说："不是说好话，实在是你张师傅人好。"又说："车间主任要是和你一样，我们早就到主任办公室去了，那儿现成的桌子椅子，多好。"

迟钦亭饶有兴致地在一旁看。张英扫了他一眼，走上去假装要捣乱，嘴里说："要打牌，可以，不过要带我家徒弟一个，借地方也没那么便宜的事。"

迟钦亭连忙摇手说不，张英极果断地抢过一家牌，硬往他手上塞。众人都说护徒弟也没有这么护的。张英说："别废话，今儿是打定了，我家徒弟不来，我来。"众人连连求饶，说她那水平也想上场，还是让迟钦亭来算了。迟钦亭当真坐下去就打，一时间围了许多看。他越战越勇越出风头，旁观者先还说他到底有师傅护着，尽抓好牌，事到临了，不得不对张英说，她徒弟打牌，实在有些鬼精灵，张英听了好不得意。

工厂里单调的生活点缀着极小的变化，有气无力老牛破车般向前滚。总算年关将近，大家都没什么心思干活，提前聊天过年。这是迟钦亭工作以后第一次过年。张英有一天问他，过年期间到哪里去玩。迟钦亭想了想，想不出可以去的地方。他性格内向，同学中没什么谈得来的朋友，一起进厂的学徒天天见面都没话说，何苦大新年里地闯到人家家去聊天。张英知道徒弟脾气，找出各种各样话来开导他，一年到头难得新年这几天，痛痛快快玩玩也不为过，她邀请迟钦亭上她家，她丈夫是夫子庙永和园的厨子，烧得一手好菜。

迟钦亭父亲所在的农场也放了假，他脏兮兮回到家，就站在家门口，跟老婆要了替换衣服，直奔澡堂理发店。吃晚饭时，面貌一新的父亲问起儿子工厂的事，什么都觉得新鲜。渐渐话题集中到了师傅身上，父子俩越说越热乎越来劲，做母亲的难免有些妒忌，用筷子敲了敲碗，对男人说："今天也不知哪来的这么多话，好家伙，自从你上次走到现在，你问问你家儿子，总共有没有说过这么多。"儿子说："和你有什么好说的。"母亲仿佛抓住了证据，忙不迭地拉男人手："你听听，你听听，他哪把做娘的放眼里。"父亲说："谁叫你整日拿他当宝贝的，儿子都这样，你越喜欢，他越这样。"儿子只当没听见地站起来盛饭，盛了刚要坐下，父亲说："还不给你妈带一碗，快拍拍马屁。"大家都笑，迟钦亭又给他妈盛饭，母亲说："把儿子养这么大了，盛盛饭，又怎么了？"儿子说："不盛饭又怎么了，再说，我把饭给你倒回去。"大家又笑。

说到了张英新年里要徒弟去玩，父亲连忙问儿子有没有叫师傅来玩，儿子摇头说没有。父亲看了老婆一眼，责怪说："你看，到底是个孩子，一点人情世故都不懂的，"目光转向儿子，开导说："哪有师傅先请徒弟的道理。"母亲在一旁打断说："就说去玩玩，又没说吃饭。"

做父亲的觉得做母亲的不开窍。新年过节的，所谓玩，不就是吃顿饭的意思，他懒得和老婆争，筷子搁在空中想了一会，悟出了什么大道理似的说："对，咱们得请请儿子的师傅，别给人家造成这种印象，说——"

"请吃饭我没意见，就是这一桌子菜，我不会弄。"

迟钦亭父亲前一阵在农场得到重用，干了几个月的事务长，专管买菜，自我感觉已经顶得上半个厨子，"我正好露一手给你们看看。在农场，大家都夸我肉烧得好。"

偏偏母子俩对他毫无信任感。母亲说："难得吃回肉，怎么烧都好吃。"女儿正好回来，加入了吃饭队伍，笑着望着父亲，说："怎么，走资派也会烧肉了？"

迟钦亭不无讽刺地对姐姐说："烧肉？没听他说，

还想摆一桌我们看看。走资派又'走'起来了。"做父亲的无话可说，嘴里只好一个劲嘀咕"你们不信，你们不信"。母亲权威性地发言："好，你烧就你烧，烧得不好，你一人吃。"

迟钦亭大声反对，说他师傅的男人是永和园的厨师，永和园在南京是一家极有名声的馆子，迟钦亭的父亲听了儿子的话有些气馁。走资派的威风顿时没了，笑着退后一步，说："是永和园的更好，干脆多拿几个锅，咱们上那儿去买，有熟人，保证又便宜又好。"

张英是在年初二上徒弟家吃饭的，她不好意思一人赴宴，拉了车间主任一起去，又买了几斤红蕉苹果用尼龙丝袋装着，十分拘束地坐在那儿和迟钦亭父母聊天。没一样称心的菜，计划供应的带鱼和肉，烧得太咸的黄豆芽，煨焦了的鸡加上一股有糊味的汤，大碗小碗，热热闹闹一桌子。比下来，迟钦亭第二天去师傅家，美味佳肴精致得实在没法说。厂里同去的小青工有好几位，都能喝能闹，知道张英男人在永和园，平日里讨饭吃的话已经不知讲了多少次。吃以前是吆喝着打扑克，张英男人图省事，当真叫了位掌勺师傅回来，让张英做下手，自己在外面和小青工们一起打牌，先输后赢所向披靡，一直吵到邻居家派人出来干涉。张英上小学的儿子闹着要下象棋，迟钦亭技高一筹，下到临了，只是在帮着张英儿子琢磨如何能下和棋。喝酒时鬼哭狼嚎得更厉害，张英担心邻居有意见，一次次求大家轻一些轻一些。迟钦亭第一次参加这样的聚会，忍不住有些激动兴奋，喝了杯白酒下去，感觉中似乎没什么事，胆子大得突然敢斗酒，他不善于斗酒时的要嘴皮，红着脸只会说那句："喝就喝，大家喝。"酒过几巡，有一位青工率先吐了，吃饭间里立刻充满臭烘烘的味道，剩下的又凭着余勇斗了几杯，撤了菜再打牌。牌打着打着，迟钦亭脸上发热脑子发胀，一次次出错牌，众人婉言把他撤换下来。张英知道他有些醉了，一个劲劝喝浓茶。酒能使人暂时改变面貌，十分内向的迟钦亭忽然成了话篓子，反反复复讲自己家不太可笑的笑话。那个先喝醉的小伙子已恢复了战斗力，站在那看人家打牌，眼睛不断瞄着迟钦亭，又不断向张英暗示她徒弟醉了。天色渐晚，打牌的越战越有精神，喊着要打通宵，一个都不肯走。迟钦亭晃悠悠站起来，嘴里喊着"不要紧，不要送"，人却像有吸铁石吸着一样，不停地向左面歪。忙打牌的那班人都懒得过问他，嘴里喊着走好，眼珠子粘在扑克牌上不肯动。张英原指望自己男人能送送徒弟，没想到他喊的"好，不送，走好"，比谁都响。张英儿子因为下棋建立了友谊，不服气地要迟钦亭下次再来鏖战。迟钦亭毫不含糊而且孩子气十足地一口答应。为掩饰老是不断向左歪，迟钦亭隔一会就向左面看看，研究一番，仿佛那里藏着躲着一个怪物。张英只好亲自送行，好在两家的距离不算太远，就两站路，骑车子一会便到。冷风一吹，人清醒了，迟钦亭更加感到胃里难受。张英怕他从车子上摔下来，坚持两个人推着车子走。走过十几根电线杆，迟钦亭突然侧过头来想吐，作呕了半天，又硬给他逼了回去。张英说，吐了就好。迟钦亭却倔犟地说不想吐。街面上人很少，一两对谈恋爱的缓缓走过，路边的一家小房子里传出小夫妻的吵架声，婴儿的哭叫忽高忽低。迟钦亭又想吐，极痛苦地垂下头，哇的一声，一阵痛快和轻松，张英非常心疼地在徒弟背上揉过来揉过去。

3

迟钦亭的父亲是厂技校的领导。"文化大革命"，技校的中专生们热情高涨，揪走资派，又是批斗又是游街，又不轻不重地吃了顿揍，被打断了一根肋骨。马马虎虎治了治，除了阴雨天隐隐疼，说好也就算好了。各色各样的技校当年像雨后春笋。冒出来，又突然秋风扫落叶统统关门。迟钦亭父亲的罪名不大不小，厂里在乡下有家小农场，他罪名大时算是在农场改造，罪名小时便算是锻炼，偏偏他命里有官做，渐渐又有了新的爵位，先是事务长，天天骑着加重自行车去集上买菜，然后又升上农场的副头。前前后后总有五年，夫妻俩饱尝分离之苦。就在提升为农场正头的两月后，迟钦亭父亲又接到了回厂当厂长的调令。

五年一晃，儿女都大了，最迫切的问题是房子不够住。早先夫妻一个屋，儿子女儿两张小床一个屋。父亲去了农场，女儿便和母亲睡。如今父亲凯旋而归，该顺的心似乎都顺了，唯一的遗憾就是不得不和儿子一个屋，睡女儿过去睡的那张小床。按说夫妻俩年龄已不算太轻，毕竟分居了五年，多少有些要避开儿女的话得说。家里隔成了男宿舍女宿舍，不是儿子在家就是女儿在家，夫妻碰头说悄悄话都不方便。

困难终于得到解决，这日子过了一阵，厂方从老技校的集体宿舍中调剂了一个床位给迟钦亭住，又过了不久，迟钦亭由一张床位扩张到了单住一间。那房间朝北，有十几个平方，是一楼，又潮湿又阴暗。

有天吃了晚饭，迟钦亭拎了一热水瓶回小巢休息，走过大院时正好碰到二胡，兴致勃勃地要上他那儿去参观。二胡比迟钦亭高两届，下乡插队已好几年，抽烟老资格而且抽得极凶，进了迟钦亭那间空荡荡的房子，忙不迭地摸香烟，边划火柴，边咳嗽，边对迟钦亭自由自在的独立环境羡慕不已。

"什么时候，在城里也像你这样有间房子，死也值了。"二胡因为插队做了农民，见了留城的伙伴，难免委屈和自卑，"妈的，说句不该说的话，什么时候我奶死了，就好了，省得什么事都要她管。"

迟钦亭不明白二胡为什么要对他说这些。他不知道二胡为了和奶奶睡一间屋子，一举一动都受监视，有种入骨的怨恨。"在家抽支烟都不行，我奶气管炎，你一抽烟，就说你想害死她。"这天晚上迟钦亭的小房间里烟雾腾腾，一只旧搪瓷茶缸里丢的全是烟屁股，二胡扯东扯西，各式各样的牢骚多得可以开百货店，迟钦亭跟着学了两支烟，居然不觉得呛。

从二胡那儿弄来的十枚毛主席宝像是迟钦亭房间里很特别的一个摆设。他床头上方有根很大的钉子，钉子上飘一根带子，宝像挨个别上面。二胡自己家待着别扭，从此三天两头到迟钦亭这吹牛。看到了那串宝像有种久违的亲切，很严肃地问迟钦亭："我那儿还有不少好的呢，你要不要？"那年头下乡知青回城特别空，二胡到处钻营借小说。迟钦亭因此读了些小说，外国的中国的是小说都看。小说之外，又顺便从二胡那儿知道不少具有性意味的故事。都是没经验的小伙子，悄悄谈悄悄听，津津有味。这类故事中印象最深的，是二胡说他插队的那地方，有一位瘦得不能再瘦的生产队长，因为搞女人搞得太多了，见着了女人便觉得腥气。

"俗话说，干一行厌一行。干什么都这样，我亲耳听那狗×的说过，他怎么说，他说，一见到女人，只要一见到女人，好家伙，那东西刷的一下就往上缩，越是漂亮的女人，缩得越厉害。只要有女人从他身边走过，一股腥臭味，直往鼻子里钻。妈的，他干队长那会实在太狠了，就是皇帝也没他快活。亏好家伙不管用，要不然知青去了，他狗×的再搞，非枪毙不可。我们那儿有句话，说女知青那玩意是高压线，一碰就完。"

二胡的女朋友美芳从插队的地方回城探亲。她和二胡的关系暂时还瞒着双方大人，迟钦亭的小巢便成了恋人相会之地。都住在一个大院里，都是家属，大家从小认识，美芳是迟钦亭同届不同班的同学。二胡常有一种让迟钦亭做第三者的歉意，每次和美芳说一阵话，必回过头来找话和迟钦亭敷衍。少年时代的二胡能征善战而且极讨人嫌，那时候迟钦亭即使求他，他也不会跟他玩。时过境迁，人穷志短，现在轮到二胡有求于迟钦亭，他不得不小心翼翼讨好卖乖。迟钦亭白天要上班，情人相会都限定在吃晚饭以后。小伙子有女朋友兔不了多花钱。二胡硬着头皮向家里要，得不到满足便上迟钦亭这儿来赌气发牢骚。迟钦亭夹在相会的情人中间。二胡隐隐约约希望迟钦亭上班时把钥匙留给他。他没地方和女朋友会面是社会的过错，迟钦亭因此有了个改正社会错误的机会和义务。

一天晚上，三个人房里说着玩着，迟钦亭抽身去公共厕所，那厕所大约在一百米开外，迟钦亭慢腾腾回来，从门缝里窥视，二胡正抱着美芳亲嘴，两人显然都怕都慌，都不住回头往门这边看。迟钦亭初次偷看这种场面，禁不住有些脸红，更感到一种说不出的冲动。美芳突然用力一推，从二胡的拥抱中挣扎出来，嘴朝门口努了努。迟钦亭定定神，推门进去，三个人就跟什么也没发生，继续说继续玩继续笑。隔了一天，又是老格局在房里泡着，迟钦亭心甘情愿做了半天配角，忽然想到似的说："噢，你们在这先待着，我等一会儿再来。"二胡十分认真地追问他有什么事，迟钦亭说，他妈妈有几封信要他相帮着写。"有几封信？"二胡按捺不住兴奋，又带掩饰说，"你快去快回，我们等你。"美芳在一旁顿时有些扭捏状。迟钦亭赶到父母家，找到了纸笔，风风火火写了一阵，写完了，他母亲拿去过目，横不满意竖挑剔，迟钦亭耐着性子再改，改改又嫌烦，耍赖不肯写。他母亲没办法只好放松检查，迟钦亭取了信封一一填上地址，匆匆回自己小巢。在路上，他就感到一阵阵心跳，脚步越来越慢越来越轻。要走过一条长长的楼道，楼道上没有灯，黑黑的只见远处他房间的门缝渗出的灯光，迟钦亭害怕碰到拥挤的过道上堆放的东西，尽可能小心翼翼，一步一步向前挪。门缝里似乎有人影在动。迟钦亭按捺住一种无名的刺激。挪着挪着，斜靠在那的一把扫帚被带倒，正跌在了铁皮簸箕上，嗒的一声，迟钦亭身不由己往侧面一掩。二胡应声开门出来，对黑黑的过道看了看，他人在明处，看不见迟钦亭，在门口站了会，又轻轻关上门。过道上更黑了，门缝里的灯光，更耀眼，二胡和美芳似乎正轻轻说着什么。迟钦亭突然十分泰然走过去，刚要推门，又忍不住垂下头，透过门缝往里看。二胡和美芳就靠在门口，美芳一动不动，二胡却猴子似的忙不歇。很显然两人并不在亲嘴。就隔着一扇门，沿着细细长长的门缝，迟钦亭的眼珠随着二胡的手在动。那手活像只兔子，在美芳身上窜过来窜过去，又时时钻进美芳衣服的深处，一拱一拱不肯出来。

二胡回插队的地方，迟钦亭在院子里还见过美芳几次，有时一笑而过，有时只当没看见。二胡不在，美芳断然没有到他这儿继续做客的道理。天很显然越来越热，漫长夏季拉开序幕，单调的生活略微变化，又以另一种单调生活继续重复。上班下班，吃饭睡觉，听每天接触的人说差不多的话。迟钦亭寂寞之余，躺在床上免不了要回忆二胡和美芳在他房间里的情景，像放电影似的一幕幕重新放过，脑海里一次次涌现出两人缠在一起的镜头，这镜头经过加工剪辑，迟钦亭有一种随时随地想看什么就看什么的便利。思想的野马在生命的荒原上一路奔驰，迟钦亭体验到一种即兴发挥不可言状的刺激。人总是忍不住要想些自己不该想的东西，做些自己不该做的事。天热得实在令人难以忍受，压抑仿佛老鼠一样在他身体内部某个地方咬着，咬一口，歇一会儿。歇一会儿，又咬一口。迟钦亭一次次自责地脸红，一次次脸红地自责。

　　夏日里供电紧张，为了躲开用电高峰，厂里都上小夜班。每天下午四点半上班，下班回家洗洗澡再睡觉，时间是深夜两点。厂里没浴室，按惯例是下班前拎半桶热水，象征性擦擦能擦的地方，换下油汪汪的工作服。为数不少的女工没有男人的方便，不能赤膊穿短裤光天化日之下擦洗，三五成群寻找可以避人的角落。女人一老了难免有些特殊胆子，大大咧咧在角落里洗，就穿着大红大紫的短裤，上身剩一件极短的背心。薄薄的汗背心里是晃悠悠的奶子，黑黑的乳头有气无力耷在那，一条极脏的粗毛巾在桶里揉来揉去。

迟钦亭的眼梢中有了些特殊的敏感。自从改了小夜班，有了黑暗的掩护，加上天热得总淌汗，女人们胆子越来越大。角落里竟然有了戴乳罩在那招摇的，隐隐约约，想看却总看不真切。老妇女们索性脱光了在黑地里洗。迟钦亭的小屋子外面有个死角，细细长长一条，将近十个平方，原先是上二班的男人们偷偷跳进去撒尿的地方，稀稀拉拉长了些野草，废铜烂铁满地皆是。没有门能通进去，就两扇窗户，一扇在车间，一扇在迟钦亭他们房间。为了跳进跳出方便，车间的那扇窗户下垫了个木箱子。最先跳进去洗澡的自然是那些胆大敢为的老女人，拎着半桶水，互相照应相互帮忙，黑灯瞎火地洗。死角里本来就有些蚊子，一添了洗澡水，蚊子成倍猛增，洗澡时得一边往身上泼水，一边啪啪拍蚊子。蚊子越来越多，去洗澡的女人并不见少。仿佛发现了新大陆，大家算算都觉得划得来，反正公家的时间公家的水，将就着马马虎虎洗一洗，到家就好睡觉，女人们难得心齐，心齐了便跳进死角打扫卫生。草拔了，废铜烂铁重新堆一堆，又派人去堵在了楼梯口，不让书记下楼。书记叫娘们逼得没办法，当场表态。圣旨一下，娘子军们挥师进攻总务科，书记的尚方宝剑在总务科长头上乱挥。

总算雷厉风行，反正这事白天也能干，第二天两个瓦工和一个木工大战一场，芦席顶水泥地，把车间的那扇窗拆了改成门，又用白漆在迟钦亭他们房间的这扇窗户上刷了两遍。水泥地刚刚干，电灯还没来得及拉，车间里的急性子娘们便闯进去。迟钦亭注视着事态发展，听她们吵吵闹闹，看她们来来回回忙。几个一切都不在乎的女人，大大咧咧穿着大裤衩小背心，雄赳赳气昂昂走进走出。年轻女人起初还抱观望态度，那简陋的女浴室终于像一张张开的大嘴，黄鼠狼叼鸡，把女工们陆陆续续衔了进去。迟钦亭师傅张英也不能免俗，扭扭捏捏地问这个问那个，拎了大半桶热水犹豫着不知怎么才好。洗了澡出来，湿漉漉的额头上粘着几缕头发，脸红得仿佛见不得人。

通往车间的那扇窗户改成了门，门开出开进，在里面洗澡的女工尽可能往边上让。最佳位置是迟钦亭他们房间的窗户外面，这儿离门最远，窗台上可以搁肥皂，窗框上钉上钉子可以挂衣服。就隔着一道白漆刷过的玻璃，人影子隐隐浮动，不断有细长的手臂伸过来挂衣服取衣服。那窗台下显然有张凳子，衣服越挂越高，有时得站在凳子上才行，常常有身影浮雕似的映在白漆玻璃上，模模糊糊略带些夸张。迟钦亭的想象力得到极大丰富，虽然极力装作无动于衷，但是他仍然免不了做贼心虚。要他完全无视就在眼前的白漆玻璃，事实上根本不可能，活生生的影子晃来晃去，越是看不真切，潜在的吸引力就越大，仿佛面对一块不小的吸铁石，迟钦亭恰如穿了线的绣花针，针尖箭一般地往吸铁石奔去，屁股后面却叫线拽住了动弹不得。各种各样的声音都长了腿，各自拣了最近的路，往迟钦亭耳朵里钻。毛巾撩水的哗哗声，忽快忽慢忽强忽弱。铁桶碰撞发出不同的声响，空桶清脆，装满了的水桶沉闷，突然间桶被举起来，自上而下惊天动地的倒水声。女人们说不完莫名其妙的废话，开不完轻薄活泼的玩笑，商借肥皂的请求，衣服不小心落地时的叹息，手掌在自己或别人身体肉多部位的拍打，尖叫和走调的歌此起彼伏。

简陋的浴室成了妇女乐园。厂领导不得不采取严厉措施，浴室的钥匙由车间主任亲自掌管，不到下班前，谁也不许擅自闯入。小夜班的生产效率本来就低，女浴室成了天然避风港，在里面吹牛洗衣服，想干什么干什么。添了铁将军把门，女工们退求其次，早早地拎了热水，嫌车间里太引人注目，不约而同地都聚到了迟钦亭他们房间。人多了自然势众。鸠占鹊巢反客为主，娘儿们全不把迟钦亭放眼里，只当他是个刚刚发育的男孩子，有时故意说些话让他难为情。

一到快下班，如同要过节，吵闹说笑五花八门样样俱有。简陋的小浴室一下子容纳不了太多的妇人，检验工的工具室成了候车厅。洗澡出来的女工，因为厂里的规矩是不打铃不放人，索性拿了大红大绿的塑料梳子，浑身散发着肥皂味，慢腾腾一边梳头，一边等下班。张英平时喜欢自己裁剪衣服，买了各种便宜的布料，照流行的时装将就着加工。有一天迟钦亭洗了手回去，正碰上几位女工拉住张英剥衣服，张英笑着挣扎，那几位女中豪杰不管三七二十一，硬把一件衬衫扯了下来。张英身上就剩个乳罩，十分慌忙地抢过别人换下来的衣服，匆匆往自己身上披，一眼瞥见迟钦亭正站在那发怔，忙不及像撵鸭子似的挥手叫他出去。那位正试穿衣服的豪杰不当回事："没关系，叫你家徒弟开开眼界，"又对着向外退去的迟钦亭说："小迟，脸用不着红，不是我倚老卖老，我家娃儿跟你差不多大了。"房间里哄堂大笑，笑声中张英恼怒的咒骂完全被淹没。迟钦亭走远了，女豪杰试了试衣服，果然嫌小，有些不甘心地脱下来，逼着另一位再试，全不把一旁张英的抱怨当回事："张英，你家徒弟真是可惜了，人长得多漂亮。"张英叫她不要瞎说，她偏偏还要说，"这他妈一是瘸子，赶明儿找老婆麻烦了。"旁边有人反驳说："那不一定，他老子那厂，一个车间就比我们厂大。这年头，干部子弟终归吃香，不要说一条腿有点瘸，就算两条腿都没了，又怎么样？"女豪杰说："你他妈屁话，没腿的男人给你要不要？"那位说："没腿有什么关系，又不是没那东西。"女豪杰骂道："不要脸的东西，你就喜欢那玩意！"

还有一天，也是到了快下班，迟钦亭坐门口，几个女工在他身边说笑，政工干部小宋姗姗而来，嬉笑着问他老婆在不在。这边有人答道，说在，正光屁股在那儿洗澡呢。政工干部小宋脸上做了个不是太好看的媚态，头侧过去，对着浴室里探头探脑。这边的人便嚷："妈的，你往哪儿看？"

"哪儿不能看呀？"政工干部小宋已到迟钦亭身边，老气横秋地在他头皮上摸了摸，"还没下班，你们就都坐这儿，嗯？"

"少来这套，你老婆正洗那玩意呢，老娘坐这儿怎么了？"

"狗日的。"政工干部小宋涎着脸，想坐下，"怎么这样说话，就当着人家小伙子童男子的面，也不害臊？"

“老娘凭什么害臊。”

小凳子被一女工突然抽走，政工干部小宋差点跌坐在地上，手一撑，爬起来使劲揉手，忍不住得意："瞧这水平，居然没跌倒。"

"你好歹是个做干部的，何苦和我们坐一起。"

"坐一起好，我喜欢。"

"你喜欢个屁。"

"我就喜欢个屁。"

正说着，政工干部小宋的老婆从浴室出来，见了自己男人，板着脸："你坐这儿干什么？"

"干什么，你男人坐这儿吊我们的膀子。"

政工干部小宋急得干笑。他老婆生得人高马大，短眉毛小下巴，天生一种滑稽相，狠狠白了男人一眼，掉头就走。政工干部小宋急巴巴追上去。迟钦亭看看表，离打铃已没有几分钟，起身回工具箱这边换衣服。几位女工中没洗澡的，连忙进浴室。迟钦亭一边换衣服，一边隔玻璃窗听议论。正议论着政工干部小宋夫妇，说得极下流，一边说，一边笑，声音忽高忽低。他耳朵竖在那儿，心不在焉听着，手半举着慢慢往衣袖里伸，全没在意张英已经回来。下班的铃声响了，张英怔了一会儿，招呼他一起走。迟钦亭吓一跳，脸上一阵燥热，神色慌张跟着往外走，走到自行车那里，突然发现自己的钥匙挂在工具箱上没拔，又匆匆回去取。女浴室里静得没一点声响。

晴朗的夏夜满天星星，不是有月亮的日子，张英师徒二人出厂门，沿宽敞的柏油大道骑车，一路过去，凉风极舒服地往身上吹。迟钦亭不禁脱口叫"好风"。张英忽然想到似的说："小迟，你总不能老泡在这小厂里做工人吧，现在有夜校，你不好去报个名，读什么都行，反正又不要你出钱。"迟钦亭觉得师傅的话显然另有所指，支支吾吾不置可否。

连续的小夜班，人有一种日子颠倒的错觉。终于又恢复了正常的白班。漫长的夏季还保留着最后余威，用水用电依然十分紧张。常常白班工人一来就发现停电。停水虽然还不至于，但是水压太低，安装稍稍高些的龙头一碰就淌不出水来。全车间位置最低的水龙头在女浴室，清早工人一来，不约而同都到那儿淘米。借淘米的机会，迟钦亭对女浴室的内部进行了一番研究。经过精心测量反复核对，他起了个大早，比平时提前十分钟赶到车间。车间里果然像预料的那样空无一人。迟钦亭从工具箱里拿了事先准备好的砂纸，抱着饭盒走进女浴室，在早已计算过的白漆玻璃上，三分慌乱七分果断地砂了一小块，匆匆逃回自己房间。不一会，上班人马陆续赶到，都摇着饭盒进女浴室淘米。迟钦亭忍了一会儿，也摇着自己的饭盒，边走出去边打招呼。张英老时间来上班，吃惊自己徒弟竟然先到了。

张英一定注意到了迟钦亭的神色慌张。整整一天的丢魂失魄，他像躲避瘟神似的不敢靠近工具箱。也许他一生中从来没有这么害怕过。一种大祸临头的恐惧仿佛乌云一样笼罩，他后悔自己胆子太大，太无耻。谁都会很轻易发现那白漆是有人存心砂掉的。砂掉这么一点点白漆的用意不言自喻。尽管工具箱是个很好的掩护，那砂纸擦过的痕迹正沿着工具箱的边框，头不紧贴在箱子上便什么也看不到。他不敢保证那帮正光身子的女工，洗着洗着，突然意识到有人偷看，不会疯疯癫癫大叫起来。没什么比偷看女人洗澡更丢脸。迟钦亭脑海里，一遍遍演习着如何抵赖，他不断地安慰自己，越安慰越怕。

下班回家路上，张英关切地问："你脸色不好，是不是病了？"

这提问正好给了迟钦亭掩饰的借口，他以十分疲乏的口吻说自己头胀，脸上作出现在依然痛苦难受的表情。"我看你胃口不好，就知道你人不舒服，"张英注意到徒弟中午只吃了小半盒饭，劝他去医院看看，"天这么热，在家歇两天。"

迟钦亭果真在家歇了两天。他母亲听说儿子有些不舒服，陪他去找一位熟悉的医生开了病假。病假中的迟钦亭百无聊赖，偷偷溜出去看了一场朝鲜电影。自从有了独立的小环境，迟钦亭母亲很少光顾儿子房间，趁儿子出门，她把那里彻底收拾了一遍。房间里乱得不像话，地不知多久没扫过，还保留着几个月前二胡扔下的烟屁股，桌上两个吃剩的桃核已经长了霉。吃饭时，迟钦亭站起来添饭，母亲的表情突然十分严肃，问他是不是正在偷偷学抽烟。

藏在凉席下的一条脏手绢似乎还没有被母亲发现。迟钦亭很沮丧地逃回小环境，一路像恨电影上的坏人一样恨自己。他觉得自己太不争气，下流到了极限，那种自暴自弃破罐子破摔并且夹着自恋的情绪油然而生。新收拾过的房间清洁得让人感到陌生。迟钦亭把自己重重扔在床上，牙根赌气地紧咬着，眼光滞留在挂床头的那串毛主席宝像上。这十枚宝像纪念着一段令人痛心和难忘的岁月。怨来怨去都怪自己，他好端端地堕落到这一步，怎么说也有青青的一份过错。青青一定会为他的行为感到痛心。迟钦亭的记忆中，青青永远是一种纯洁的符号，梳着小辫穿着短袜短裙跳着牛皮筋。

几乎就在最强烈自责的同时，迟钦亭大脑某个角落，正悄悄想着厂里的女浴室。他脑海里塞满了乌七八糟的东西，要他不去想那块被砂了一下的白漆玻璃根本不可能。病假推脱了可能会有的猜测，然而也很难说不会因此加重嫌疑。害怕担心之余，迟钦亭设想透过被砂的白漆玻璃，自己已窥探到渴望已久的女人裸体。他的眼睛随着抹肥皂的手在动，肥皂沫越抹越多，都聚在他想看清楚的部位上。想知道女人的身体构造到底是怎么回事的欲望实在太强。谜底和答案就在他身边徘徊，偏偏老是可望不可即。也许最大的过错，是由于他父亲在农场买的那本《赤脚医生手册》，厚厚的一大本，有那么几页纸迟钦亭几乎能背下来。这几张具有特殊含义的印刷纸，是他拥有的关于女人知识的全部来源。其中三四幅图他反复看，越看心里越乱，越看越不懂越不明白。指挥员在战场上研究军事地图也不过像他那么认真。通过卫生间的废纸篓，他知道姐姐和母亲的秘密。卫生间的插销向来难得使用，迟钦亭甚至想到在自己姐姐身上印证他获得的知识，那天他蹑手蹑脚回家，正赶上姐姐在卫生间洗澡，他第一次产生了闯进去的念头。为了做到不露破绽，迟钦亭算好了姐姐正换衣服之际，假装从门外刚进来直接去卫生间。巧就巧在这一次门是销的，迟钦亭脸红心狂跳，故意理直气壮大叫："谁在里面？"

姐姐说："你急什么，我洗澡。"迟钦亭又大叫："你快些，我小便急死了。"这一次失败使迟钦亭成了彻底的悲观主义者。他相信是有神在暗中拯救他。他的犯罪行为所以能被有效中止，唯一说得清楚的解释就是，神伸出了仁慈之手，从堕落的边缘把他轻轻拉了回去。

自渎有时不失为一桩悲壮的行为，没什么比它更能消除焦虑更能放弃犯罪。对于迟钦亭来说，自渎是最好的自我谴责自我牺牲。他拥有的性知识中的一部分，就是手淫将导致阳痿和不育。他觉得自己一下子衰老了许多，头昏眼花腰酸背痛种种症状，在他的想象中恰如走长途时背的包袱越来越重。鲜花还没开放便已枯萎，雄鹰尚未高飞就折断了翅膀，迟钦亭意识到自己付出的代价实在太大。

4

对于女人，迟钦亭从一开始就意识到，他最先了解的将是张英。这念头用极淡的墨水写纸上，藏在一个透明的瓶子里，隐隐地在他脑海中漂浮。一切都出乎预料，一切又在预料之中，当张英随手带上工具间的房门，迈着轻柔焦虑的步伐缓缓走向他，说"我是你师傅，我有责任"时，迟钦亭最先感受到的震动是委屈。委屈像清晨新升的雾迅速延张开，重重地笼罩在他周围，压得他透不过气来。事态的发展恰如早期的法国文学，恩恩怨怨缠绵悱恻，男主人公欲火中烧却带着无尽悔恨，女主人公清心寡欲但又有最大宽容，迟钦亭在自己的师傅身上，开始了人生最重要的一课，这一课终于由梦想变为现实。很长一段时间内，迟钦亭的现实都是梦想，梦想又都是现实。

就像所有的诅咒发誓未必有用一样，混了两天病假的迟钦亭刚步入车间，他的思绪已迫不及待地跨上特别快车，沿着最不愿涉足的一条道路，肆无忌惮开下去。车间里匆匆走过的人群仿佛和他没任何关系。他恍恍惚惚，身不由己向人点头招呼，十分认真摇着饭盒去淘米，一遍遍地淘米，水清得有些过分。特快列车轰隆轰隆开着。张英极关心地问他身体好了没有，他心不在焉笑笑，答非所问。

事实上，迟钦亭早就意识到张英的一种别样情绪。他们的眼睛失去了正面交锋的勇气。在工具间，在换工作衣的时候，迟钦亭一直克制着自己不去注意那被砂过的白漆玻璃。大家心照不宣，他知道要张英没在意到这一点同样不可能。张英是他师傅。他相信自己的师傅将尽一切保护他。车间里的机器声纷纷响起来。迟钦亭尽量装得若无其事，眼睛故意往门口看。张英和他说了一会儿话，又谈起了上夜校，并说已为他在厂里讨了个名额，随他去读什么。毫无疑问，张英处处流露出了要把他从歧路上拉回来的企图。

房间里只剩下迟钦亭一个人，他借着开工具箱，眼光射向等待已久的地方。大块的白漆玻璃构成一片和谐的整体。让他吃惊不已的是被砂过的痕迹，突然奇迹般消失殆尽。一切就像什么也没发生过。迟钦亭产生的第一个恐惧，是厂里已发现了有人做坏事，砂掉的地方又被重新漆好。然而恐惧很快被证实不可能。没有任何重新漆过的迹象，迟钦亭熟悉白漆玻璃上每一道纹路，即使最细微的变化也逃不过他的眼睛。他不得不对自己做过的事产生怀疑，他的并不忠实的记忆一定出了什么差错。几天来萦绕在心的担忧显得毫无必要，一时间迟钦亭简直吃不准自己究竟该不该庆幸。用砂纸去砂白漆玻璃，也许根本就是一种错觉，只是梦境和幻想，想象力被过分地夸大。他以为自己做了什么，而实际上什么也没做。

直到第二天再一次去淘米，他才突然发现被砂过的痕迹依然存在。那痕迹的醒目是他原先不曾想到的。白颜色调和漆刷过的玻璃上仿佛歇着一只极龌龊的小蝴蝶，砂过部分呈现出一种寒碜的透明。会引起人们的疑心一点不足为怪，不难想象并且十分可能，曾经有几个人指着这痕迹大放厥词，说不定厂领导也被请来一起议论，而那些边说边笑光着身子洗澡的女工，则更可能伏在白漆玻璃上，透过那小蝴蝶，很玩味地窥探迟钦亭所在的工具间。一道已经不透明的玻璃隔开了两个世界，这两个世界正因为被不断隔开，却常常在人的心目中连得更紧。

迟钦亭当时发傻的程度一定非常严重，张英在他身边站了好一会都没发现。他脑子里一片空白，百思不解淘着米，白花花的米随清水从饭盒里出来，醒醒透明的小蝴蝶在他眼前飞来飞去。工具箱已被人悄悄移动，正好挡住砂纸砂过的地方。满载的铁皮工具箱重得不可思议，地上留下了深深的擦痕，很显然有人借助撬棒硬撬过去二寸。二寸的距离顿时使迟钦亭摆脱了嫌疑的困境，然而又使他所有的努力付之东流。

答案几乎当时就可以得到。类似的行为只有他师傅做得出。和后来遇到的情形相仿佛，他对自己师傅的所作所为，过分关心的包办代替，免不了又感激又憎恨，偷看女人洗澡成了迟钦亭特定时间最孤独的地下活动。这秘密活动自然说不上任何光彩。想知道异性怎么回事的欲望实在太强，女人裸体对他的诱惑有增无减。迟钦亭的地下活动到了惊心动魄的地步。很长一段时期，他都在和自己师傅斗智斗勇。潜意识竞争对抗时时白热化。张英似乎从不放松徒弟可能会有的机会，她不是像影子一样始终盯着迟钦亭不放，便是冷不丁地从外面突然进来，狠狠吓他一身汗。

　　紧贴着冰冷的铁皮工具箱，把眼光聚在砂纸砂过又不曾完全挡死的那一小块白漆玻璃上，迟钦亭可从几缕模糊的隙缝中，看到女浴室的人影在动。既然没勇气再闯女浴室，重新使用砂纸作案，隐隐的人影晃动便成了他情感的寄托。并非什么事的来龙去脉都能交待清楚。迟钦亭为自己的行为感到吃惊。下班时间姗姗来临，坐在工具间门口，看女工们拎着冒热气的水桶，肮脏不堪走向简陋浴室，他幻觉中出现一具具赤裸着的肉体。从迟钦亭身边走过的都是抽象的女人体，没有高矮老少肥瘦丑美。很显然，正千方百计和自己徒弟作对的张英不仅知道他在想什么，而且猜到他进一步打算怎么做。犹如高明的棋手对弈，张英处处显得深思熟虑老谋深算，一步步把徒弟逼得狼狈不堪走投无路。她总是利用对迟钦亭最不利的时间悄悄离开，幽灵似的忽然失去踪影，这期间不是浴室里静得听不见人声，就是有女工聚在工具间嘻嘻哈哈说笑。

　　这是迟钦亭告别少年时代所遇到的最糟糕的一个

夏天。酷暑仿佛永无尽头，偶尔下一阵雨，也不见凉快。懊悔和自责像蛇一样咬着他的心，他常常一个人安坐在那发怔，恨自己下流堕落不争气没出息，同时又更恨张英的存心捣乱。虽然内心深处欲火如焚，但是事实上迟钦亭连那点点可怜的偷偷摸摸的满足，都非常遥远地难以得到。唯一的黄金时刻是张英也去洗澡，当然前提必须工具间空无一人。

有一次为了桩什么事耽搁，直到打下班铃，张英都没去洗澡。

张英说："今天你先走吧，小迟。"

迟钦亭想了一会儿，说："不，我等你。"

习惯上都是师徒二人一起离开工具间，迟钦亭有时想找些借口晚走，张英总是坚定不移等他，即使漫长在所不惜。师傅等候徒弟，徒弟自然也得奉陪师傅。张英扭捏着说了她今天必须洗澡的理由。

迟钦亭没有迫不及待把头去顶在冰冷的铁皮工具箱上。当张英拎着冒热气的水桶走进女浴室，又飞快走出来取毛巾肥皂时，迟钦亭显得十分从容若无其事。他很耐心地端坐在工具间门口，默默对车间里看。车间里机器轰鸣，二班的工人正在干活，没人保证不会有人突然来工具间拜访。白班的时间已经过了，仅仅下班不走这一点，就足以引起好多事的人过来询问，更何况还有那些想逃避干活的串门。迟钦亭不会轻易放弃任何一个难逢的机会，他必须慎重再慎重。在机器轰鸣的间歇中，迟钦亭的耳朵里收听到了他师傅用毛巾从桶里撩水的讯号，兴奋的电流在他身上窜过来窜过去。他确保肯定无误地又听了一会，尽可能冷静地站起来，转身走进工具间，轻轻带上门，义无反顾坚定不移冲向工具箱，高高撅起屁股，全身的焦点都调聚在那极微弱的希望上。尽管被砂过的那一小块白漆玻璃，对处心积虑的迟钦亭来说，只有几道极模糊的缝隙，从那象形的小蝴蝶翅膀边缘，迟钦亭终于见到张英隐隐约约移动着的大腿轮廓。当时她像沙漠里的大仙人掌竖在那，浑身充满刺的感觉，动作熟练地抹着肥皂，手滑过来滑过去忙而不乱，偶尔弯下腰，整个身体便逃出了监视。迟钦亭视线受到最大限制，只有一个极狭小的角度，稍稍偏一点点都不行。

　　时间停滞了一会儿，轰鸣的机器和张英模糊的身影仿佛暂不存在，一切归于了无的境界。张英突然大军压阵地向白漆玻璃窗逼过来。迟钦亭在一阵强烈的昏晕中，接受了他有生以来第一次最凶猛的撞击。就像是豹子扑向猎物，又好像是迟钦亭童年记忆中一次撞门，那时候他只有三岁，一扇弹簧玻璃门劈头盖脸地把他撞出多远，迟钦亭在告别少年时代的十八岁，再次尝到了彻底晕头转向的滋味。他下意识地向后缩了一截，恰如照相机被人冷不丁揿下闪光按钮，平空一道蓝光，他的思绪已经来不及追寻事件发展的全过程。感觉中越走越近的张英正弯下腰，全神贯注研究那白漆玻璃上丑陋的小蝴蝶。她一定也意识到了工具间里只有徒弟一个人。很可能在迟钦亭把注意力焦点转移的同时，她自己的焦点像军队接管地盘一样乘虚而入。多少年以后，往事的回忆已淡漠到近乎没有，迟钦亭依然为当时不能进一步扩大观察战果深感遗憾，并为没必要的胆小和退缩觉得后悔。穿过白漆玻璃制造的障碍，张英离他近得一伸手就能相互摸到。很长一段时间内，师徒二人令人难以置信地对峙，像塑像一样不敢动。

迟钦亭又一次把头顶向冰冷的铁皮工具箱时，女浴室里已响起了最后的撩水声。紧接着是绞毛巾有节奏的一阵阵滴水，桶里剩水哗的一下冲地上。张英显然知道如何有效逃避徒弟的监视，她执着在迟钦亭视线之外，消消停停漫不经心抹身，只是偶尔让他见见正挥动着的手臂，见见甩出去的湿漉漉的红色花毛巾。当张英十分仓皇地通过迟钦亭所控制的区域，匆匆一闪而过，她的徒弟陡然产生了最强烈的憎恨。憎恨这词绝非夸张。咬牙切齿的迟钦亭领略了女人天性中的挑逗魔力，他觉得师傅明摆着别有用心，故意留一份遗憾的焦急当作礼物赠送给他。也让他很轻易寄托了无限希望，又更轻易不当回事地抹去。是可忍，孰不可忍。他十分歹毒地发挥着自己的想象力，在思维的空间，尽心所欲糟蹋自己师傅。事实上永远不可能说出口的下流话，自发地被用来咒骂张英。他觉得像师傅这样成熟的女人，完全没有必要故作尊严羞答，就像后来一度证实的那样，他师傅应该毫无保留地属于他，仿佛主子对待所属的奴隶，他要她干什么就干什么。

张英满身肥皂气味地走出来，迟钦亭坐在老地方等着她。

"你还没走？"问的人并不惊奇。

"不是等你吗？"答的人却像是在反问。

迟钦亭英勇无比地一头撞进女浴室，向张英发动极富挑战意味的进攻前夕，他深受了一段时间的煎熬。漫长夏季到了尾声，他像没头苍蝇似的在欲望的深渊乱挣扎。张英注定了是他生命中的第一位女人。尽管年龄相差太悬殊，但自从那次似成功非成功的窥探，迟钦亭意识到只有他师傅才是他唯一的希望。他已和他师傅一道建立了一种特殊的关系。这关系就像缠绕在一起的爬藤植物。也许这便是所谓命运的安排。师徒二人越来越心照不宣。彼此之间脑子里想什么都有数都明白。他们尽量避免相互正视对方的眼睛，大家相处得彬彬有礼十分客气。出于拯救的伟大目的，张英一次次战胜徒弟的不良企图。她似乎不难理解他所忍受的折磨，可是她宁可徒弟丧魂失魄受折磨憔悴而死，也不愿他因为偷看女人洗澡而彻底堕落和出丑。每个人都有自己的理论与原则。张英仿佛是在对付自己儿子或囚犯或病人，她同时扮演了母亲、看守、医生的角色，认真负责，从不给迟钦亭任何可乘之机。虽然头顶在冰冷的铁皮工具箱上几乎什么都看不清，然而苛刻的师傅连这最微弱的一点也绝不允许。她甚至不准备让他一个人留在工具间。

局里召开产品质量会议，要求各厂派名检验工参加。张英打算让徒弟去，厂领导却一定要她亲自出马。张英因此发了一通牢骚，说她一向讨厌开会，又嫌会议的地点太远，更恨不过是为期一天的开会，指名道姓，挑肥拣瘦硬让她参加。迟钦亭赞同地表示了对开会的鄙视，他的态度立刻引起了怀疑。张英注意到了徒弟脸上流露出按捺不住的激动，她皱起眉头想了一阵，对欣喜于色的迟钦亭说："明天在家歇歇，不要来上班了，小迟。"

迟钦亭一怔，迟疑着问："不上班？"

“没关系，我就说你有事。”

“我没什么事呀？”

“呆瓜，在家歇一天不好吗！”

迟钦亭找不出什么理由来反驳，嘴上敷衍说“能歇当然好”，心里最大的不乐意，是师傅的做法显而易见有些过分。张英又说：“要不，你和我一起去开会，去听听也好。”迟钦亭说：“不是说好你去的吗？”张英脸上有种不高兴，嘀咕着：“有什么关系，当真还多你一个人？”

“不，我不去，”迟钦亭十分沮丧，“我情愿在家歇歇，这倒霉的会，有什么好参加的。”

第二天，迟钦亭照样来上班，憋了一肚子气。他知道他师傅只遗憾不能把他拴在裤带上，狗一样地到处牵着走。一想到自己的行为处处受监视，他免不了咬牙切齿恨之入骨。张英是那种管事太多的女人，全不明白物极必反。迟钦亭做她的徒弟，热切关怀之下，产生的却是爱逃学的小学生对自己老师的厌恶。师傅去开会这样的机会不可多得，迟钦亭反反复复想到了各种可能性。可能性中最担心的一种可能，就是他师傅好端端地开着会，突然半路杀回厂里来。这样的事张英绝对做得出。

事实是张英完全忽视了她防守上的漏洞，无论是在会场上或后来与徒弟见面，她都没想到徒弟会违背她的旨意去上班。她甚至懒得去追问这事。开会的那天正好礼拜六。中间隔着厂休，张英再次见了徒弟，只问他休息在家干什么。她做梦也不曾想到，两天前徒弟不仅上了班，而且动机首先是为了和她坚决作对。和后来闯进女浴室惊吓张英的情形相仿佛，迟钦亭产生了强烈的恶作剧心理。一个人不应该让人觉得自己太窝囊，他为什么要使张英心满意足。这女人处处以他的保护人身份出现，保护人的形象从来就不讨喜可爱。

迟钦亭一上班便找到了那根早就看中的撬棒。为了慎重起见，更为了防备张英突然折回来，迟钦亭把要干的活动演习了一遍。工具箱虽然重，在撬棒的作用下，很轻易地就可以移动。再次看到白漆玻璃上那丑陋的小蝴蝶，他有一种久违的亲切。女浴室里空无一人。铁皮工具箱移开后，迟钦亭对获得的效果很满意，十分认真地又把工具箱移回原来位置。

结局却让迟钦亭太扫兴。人来人往本来意料中的事，然而他没想到自己竟然一点机会都没有。整个下午，他干活都极卖力，心情似乎从没这么平静过。一切仿佛都经过了深思熟虑。他显得不慌不忙，直到下班前一小时，才开始了计划中的第一步。这时候洗澡的高峰还未到达，铁皮工具箱移动的噪音不至于惊动任何人。

如果迟钦亭不是为了掩饰，一开始就摆出非常难说话的样子，下班前来串门的各色人等，很可能立即就会离开。以后的几天里，他一直为自己当时没必要的敷衍深感懊悔。那天在工具间泡得最长的是武师傅。她早早地洗了澡，用电风扇吹着湿头发，悠闲自得地聊天等下班。迟钦亭最大限度地耐着性子，心不在焉听武师傅喋喋不休。他奇怪武师傅那张又臭又丑又太大又夸张的嘴巴，牙床龇出着，怎么有那么多的废话。

"小迟，我给你找个老婆怎么样？"武师傅全不顾迟钦亭的不耐烦，话题一转，重新换了个开关似的，又说起新的话题，"你，今年多大了？"

迟钦亭懒得告诉她自己今年整十八岁。

"我告诉你，你现在不要不在乎，小瘌子找老婆还是趁早，要不然麻烦。噢，对了，你反正不急，反正你家老头是高干。"

迟钦亭只好申明他父亲不是高级干部。

"乖乖，还不是呀，你家老头那厂，一个车间，比我们厂——"

很难说武师傅就是在和迟钦亭作对，她唠唠叨叨变换着不同的话题，直到下班铃声令人悲哀地响起来，才依依不舍匆匆而去。迟钦亭又一次把自己的惨败归结为天意。空荡荡的女浴室留给迟钦亭最感伤的回味。他联想到早在移动工具箱时就产生过的不良预感，当时可以说一切都太顺利，顺利得让人有些担心。张英的魔力无处不在。迟钦亭垂头丧气地拿起撬棒，怨天尤人，把工具箱撬回到原来的位置上。

秋风乍起，天逐渐转凉，国庆节到了。张英师徒在厂里加班，按照惯例，节假日加班可以拿双工资，一时发这笔小财成了时髦。厂领导因为有权决定谁加班，屁股后面不时地有人递香烟说好话。名额有限，张英为他们师徒俩能争到加班机会感到高兴。来加班的不是机修工就是电工，都是厂里有名的猴子，所谓加班不过象征性地干一阵活，不到下班时间早溜得一干二净。

伙房没人加班，张英只好用电炉自己烧热水，放了满满一铅桶水慢慢烧，不一会儿竟然烧开，波澜壮阔地冒了满工具间热气。

张英不经意地说了声："这么多水，我倒可以洗一下。"

迟钦亭只当没听见，人不自然地挪了个地方，已经枯死的念头突然全部复活。

张英用商量的口吻问："洗澡，不会冷吧？"

迟钦亭说："当然会冷，"怔了一会儿，又说，"弄不好就感冒。"

多少年以后，迟钦亭回忆起当时的情景，发现有些细节他怎么也弄不明白。那一天是国庆节确凿无疑，好端端的天气后来猛然下起雨来。他记得那天自己喝了许多水，而且正因为水喝多了，给了他一头撞进女浴室的借口和信心。有些事事后想想根本不可能，他不清楚自己怎么就突然下了决心，担心与害怕的念头就像拉屎一样拉掉了，一下子变得比无赖还无赖，当张英拔掉电炉的电源插头，犹豫着怎么办的时候，迟钦亭记得他正在想几天前做过的一个梦。这梦总是冷不丁地跳出来打扰他。

在那个半写实半写意的梦境中，迟钦亭发现自己正和一大帮人坐在工具间里等下班，似乎还说着什么有趣的事，他突然发现所有的白漆玻璃都没了，什么玻璃也没有，只有一堵墙和空空的窗框架，仿佛摄影棚里的道具，没人注意到窗那边发生的事，窗那边有哗哗的撩水声，工具间里不知怎么就只剩下三个人，他，他师傅，另一个陌生人，后来他明白陌生人原来是政工干部小宋，政工干部小宋没完没了地说着近乎猥亵的笑话，张英一边笑，一边监视他，他慑于张英的眼光，竟没有勇气去看毫无遮挡的女浴室，女浴室里响着洗澡的声音，忽然，张英也消失了，政工干部小宋向窗户走去，政工干部小宋为新发现激动兴奋，政工干部小宋隔着窗户和正洗澡的张英说话。

"这天怎么要下雨了，小迟，你先走吧。"张英没有拎起水桶去浴室，却空手往外去，走出车间大门，看了一会天气，又折回来，继续说："这倒霉的天气，说下就要下了，我们怎么办？"

"等一会儿再走就是了。"

"好，这雨长不了。"张英由衷地表示赞同。

迟钦亭在车间里巡视了一番，回来说："都走了，唉，这加班也太快活，一个个溜得真快，连影子都没了。"

果真下起雨来，哗啦啦的暴雨。

张英和迟钦亭又说了一会儿话。

暴雨声衬得车间里出奇的静。远处，一扇没销好的窗户，不时嘭的一声。

张英拎起那桶热水，有些不堪负担地往女浴室走去，水溅了出来。

迟钦亭呆呆望着张英的背影，没弄清临走前的张英说了句什么话。

她可能什么话也没说。

那个才骚扰过迟钦亭的梦幻，又一次悄悄向他逼来。政工干部小宋的嘴脸顿时引起他一阵厌恶与妒忌，无数念头在迟钦亭脑海里蝴蝶一样地乱飞。

张英消失在女浴室门口。

以后的几天里，沉浸在有如少女初次失身的那种痛苦中，迟钦亭偷偷地回味着偷尝禁果的滋味。四年前，当迟钦亭刚明白那些字眼的确切含义时，他确确实实吓了一大跳，那时候，他开始为青青丢魂失魄，断断续续为一个问题绞尽脑汁。他不明白既然像他那样倾心于青青，还该不该和她一同进行那种下流的勾当。当时有一度他觉得自己配不上青青，并不是因为他有残疾是个瘸子，而是想到他不该却偏偏曾经想到了那些下流念头。初次梦遗的历史活生生地就在眼前，迟钦亭永远忘不了他在那个灾难性的早晨受到的惊吓。作为一个毫无性常识的男孩子，他既担心自己的生命将随着黏乎乎的液体一同流逝，更担心这事被青青知道后给他带来的耻辱。迟钦亭一向把童贞看得非常珍贵。随着时间浩浩荡荡向前发展，那种称之为性的玩意的诱惑一天天蓬勃壮大，他依然坚定不移地为青青苦守着忠贞的最后阵地。虽然随之而来的自渎给他惹下更大的烦恼，然而自渎也好，梦遗也好，包括最下流的偷窥女人洗澡，对迟钦亭来说，没一桩谈得上真正意义上的失节。当张英拎着冒热气的水桶，在那个突然下暴雨的假日，水不时地从桶里溅出来，走过空荡荡的车间，消逝在女浴室门口的那一瞬间，迟钦亭做梦也不会想到他很快就会缴械投降，甚至当他面向墙根，顽强地孩子气地把尿往外逼，浑身洋溢着那种大获全胜的喜悦时，也丝毫没想到自己将会如此可悲地不堪一击。

　　张英在浴室里的时间显然太长了一些。太长的时间本身就给了迟钦亭撞进女浴室的借口。他突然产生了那种为什么不闯闯祸的冲动。有一小堆的借口可以找，那个被铁皮工具箱挡住的印在白漆玻璃上的丑陋龌龊的小蝴蝶，已经让迟钦亭感到厌倦。一切都出乎意外，一切又都顺理成章早就安排好了，他慢腾腾地看看手表，理直气壮地一头撞进女浴室。赤裸裸惊惶无比的张英和想象中的一模一样。迟钦亭做出不屑一顾的腔调，堂而皇之走过去，面对着墙角，好像小便已经憋到了忍无可忍，浑身止不住一阵阵乱抖，一刹那间，他产生了可能撒不出尿的恐怖。人抖得越来越厉害。好在一道热流终于喧嚣着喷薄而出，冲在墙上哗哗的响，又沿地平静地淌出去。平静如水的感觉代替了恐惧，轻松占据了原来属于紧张的位置，迟钦亭从容地扣上扣子。然后，大踏步走出浴室。然后，胜利地走向车间，陶醉在恶作剧中地恭候他师傅。

他师傅自然隔一段时间才能出来。迟钦亭注意到了张英脸上那种仁慈的悲哀。她缓缓走进来，无可奈何地随手带上门，叹着气，仿佛正面对一个十分调皮捣蛋的孩子，语重心长温柔体贴地说道：

"我是你师傅，小迟，"她用手理了理似湿非湿的头发，眼神里全是宽容和责备，"我，我有责任。"

5

亚红父亲是食堂的小头头，十九年前娶了个乡下老婆。乡下老婆户口一直没调上来，小孩生了几个，活下来的就亚红。亚红十岁时死了娘，娘一死，她户口转到了父亲账上，一下子从乡下妞变成了城里姑娘。她进厂那年刚巧十七岁，梳两条细细的小辫子，人长得矮小，天生的胆战心惊，看上去像是个刚刚发育的小丫头。

过了一年，小丫头依然长不大，注意她的小伙子倒添了好几名。这街道性质差不多的小厂，老的多小的少，小的里面女人更少。物以稀为贵，亚红算不上多出色，小伙子们却饥不择食，都把她当尊贵人物。

她是磨床的操作工，整天和砂轮打交道，只要一干活，全身遮得严严实实，戴着大口罩和工作帽，留给人看的仅剩一双手与两只大而天真的眼睛。这掩掩盖盖的模样给小伙子们增加了不少想法。休息时，亚红身边老有人转来转去。斗嘴争吵不计其数，好战的已经为她打过几次架。

最早想到给迟钦亭做媒的是武师傅。亚红父亲在厂里是有名的光棍，谁的膀子都想吊，谁的豆腐都要吃。厂里的女人既怕他，又都喜欢撩他。有一次闹得稍稍有些出格，一旁看的人都傻了眼。武师傅终于站出来说话，骂亚红父亲老没正经，女儿都这么大了，又都在一个厂，也不拿出个做父亲的样子来。这句话引起她做媒人的侠义心肠，好好盘算了一阵，风风火火跑去找张英，说："哎，你家徒弟也满师了，我们给他找个朋友。"

"找朋友？"张英一时不知所云。

"我给你讲，就把老马的女儿配给他，保证合适。"

"你是说亚红？"

"对。怎么了，人家亚红配不上你家徒弟呀。"

"不是这意思。"

"不要看你家徒弟是高干，他×你妈毕竟是个瘫子，人家要不要还不一定了。"

"亚红她怎么想？"等了一会，张英只得这么问。

武师傅容不得张英再多说，人激动得不得了，像决定什么大事，极果断地挥挥手，说："不管，这事就这样，老马和亚红那头，我负责。你负责跟你家徒弟说，"又斩钉截铁补了句，"行就行，不行拉倒。"

老马对女儿的事无可无不可。武师傅太起劲，两头跑个不歇，弄得张英里外不是人，横竖为难。苦口婆心的劝说总算有点效，迟钦亭和亚红正式在张英家见了次面。张英男人露脸忙了几样菜，张英的儿子再过半年便要念小学，棋艺大有长进，追着迟钦亭要下棋。武师傅占着介绍人的便宜也有饭吃，一个劲拿两个年轻人开玩笑。张英只好扮演保护神的角色，尽一切力量不让他们感到难堪。

亚红和迟钦亭不比刚认识的男女初次见面，说不熟悉都熟悉，说真了解又都不太了解，会见的目的明了得让人感到窘迫。五月刚过，人热得一阵阵出汗。

"别不说话，别不说话呀，"武师傅有一种孩子过节的兴奋，她不断地找人发起进攻，"张英，你看，你家徒弟今儿由小白脸变成小红脸了。"全不顾张英的脸色十分难看，又矛头转向张英儿子，"喂，人家小迟哪有时间陪你下棋，来，武阿姨跟你下。"

亚红脸红得不敢看迟钦亭，她知道他老是在偷眼看她。因为人生得矮小，她一直赖在椅子上不肯起来，怕迟钦亭因此会觉得她像个小孩子。有一段时间，小房间就剩下了他们两个人，迟钦亭突然站起来，很果断地向她走过去，亚红不由得吓一跳，脸上的表情想笑又不敢笑。迟钦亭显然也意识到了这一点，索性大方有时不失为掩盖羞涩的好办法，他很从容地问亚红过去在哪读书。亚红笑而不答，头犯错误一般低着，顽皮地玩着自己的手指头。

　　事态发展的顺利出乎大家预料，张英明摆着连争风吃醋都来不及。事实是她尚未撕下媒人的面具，迟钦亭和亚红已经毫不含糊相互中了意。自己的徒弟这么快另找新欢令人哭笑不得。张英突然发现她除了成全他们，别无更好选择。在这一段时间内，她表现得比迟钦亭更关心亚红。亚红因为和迟钦亭的关系还没公开，在厂里要找也是找张英。张英一时成了他们之间地下活动的义务通讯员。

　　张英扮演的滑稽角色可以体会到另一种崇高。她忠实地传递消息，毫无怨言甚至一点点怠慢。又到了漫长炎热的夏天，一片蝉声让人心烦。亚红新买了部缝纫机，喜欢扯几尺花布自己做衣服，不会裁剪便来找张英。张英扮演了拉皮条的爱情使者，还顺带着做指导亚红的教师。在亚红这样涉世不深的小丫头面前，掩盖住自己的真实情感并不太难，难就难在怎样对待迟钦亭。张英最清楚地知道，她和徒弟之间的事不可能长久下去，结局早就注定，区别只是时间早晚。作为一个充满母性温柔的伟大情人，虽然有时那种欲望被他孩子气的举动撩拨得难以自持，仿佛迷途的羔羊在茫茫的草原徘徊，又好像脱缰的野马受了惊却无路可走。她一向认定是因为她的无畏献身，有效阻止了迟钦亭的进一步堕落。当迟钦亭羞答答地褪去西装长裤，慌慌张张肆无忌惮快速伤感地发泄着小伙子的狂热时，张英像块仁慈的大海绵，把蕴藏在徒弟身体内部的罪恶因素吸得一干二净，并且最迅速地进行了净化处理。这样的牺牲难免非议风险，对于一个婚后生活极为和谐的女人来说，在完全排除了自身性欲的前提下，拯救了一个处在深渊边沿孤立无援的小伙子，张英觉得自己的行为无懈可击。

迟钦亭打算让自己父母见见亚红。他母亲知道儿子有了女朋友，心急得好像影迷想见影星，三天两头地问。亚红心里有些胆怯，一定要张英陪同，求来求去好话说尽。张英笑着说："是你去见公婆，又不是我去。"

"哎呀，求你啦，张师傅。"

张英执拗着不肯答应，直到迟钦亭不耐烦地说："你陪一下就是了，"才无可奈何摇头说道："丑媳妇迟早要见公婆的，你又不丑！"

亚红打定不了主意穿什么衣服初次登门，洋也不是土也不是，悄悄地问迟钦亭。回答直截了当："穿什么不行，你怎么了？"

于是只好向张英讨教。张英正经八百绞动了脑汁，不断地出拿不定的主意，分析来分析去，心里却在盘算自己该穿的衣服。到了那天，亚红自作主张穿了件新衣服，新衣服第一次上身，横竖有些嫌别扭，站着坐着都不自在。迟钦亭母亲对未来的儿媳多少有一点点挑剔，她的第一印象是这人还算老实，以后靠得住会听儿子的话。事后和男人讨论，既嫌亚红个头太小像孩子，又嫌她不会打扮，更嫌她愣头愣脑常常答非所问，一眼看上去就不像个聪敏伶俐的样子。"如今也不讲究门当户对，不过我倒是担心，那种小市民家长大的女孩子，只怕将来和我们合不来。"

迟钦亭父亲基本上是在和张英敷衍。几年的厂长干下来，身上走资派的窝囊劲没了，不时地想到自己要避免打官腔。详细问了儿子厂里的生产状况，又对他们生产的产品感到极大兴趣。邓小平又被揪下台，唐山那地方毫不客气地来了个大地震，各式各样的国家大事一谈就是半天，谈到临了，亚红的形象他只记住了个大概，内心里也觉得她不是太出色。

"你管他呢，只要你家儿子中意就行了，你管他。"他无可无不可地对付夫人的慎重其事。

"儿子的终身大事，你就这么不当回事？"

张英那天的穿戴极素雅，雪花点子的短袖衫，配一条细长挺拔的涤纶裤。她镇定自若的表演甚至躲过出于母亲本能应有的怀疑。作为儿子的师傅和媒人，张英在这次历史性的会见中受到了不同寻常的礼遇。在小得只能容一个人转身的厨房里，迟钦亭母亲悄悄向张英打听亚红的家庭情况，一五一十不厌其烦，问完了，又充满信任感地授予张英监视她儿子的权力，"张师傅，我儿子年纪轻，有些事我们又看不到，他一有什么过头的事，千万千万请你告诉我们。"她丝毫没注意到张英脸上一闪而过的惊慌，继续推心置腹诉说儿子怎么样怎么样。"儿子大了，我们的话他未必听得进，你多管着点他，钦亭这孩子我们知道，你的话还是肯听的。你不要客气。"

吃了饭，做厂长的父亲要休息一会儿，迟钦亭便领着张英和亚红去自己小巢。亚红深深松了口气，仿佛通过一场艰难的考试，十分轻松又饶有兴致地在房间里四处打量。她抖了抖挂在床边的那串毛主席像章，清脆的碰撞声响了一阵，"你干吗挂这个呢，真有意思，"她并不指望迟钦亭的回答，继续参观。"这地方倒不错，就是有些——"

"有些什么？"

"有些，脏！"

迟钦亭和张英对看了一眼，大家都有些不自在。张英笑得不自然地说："你看我干什么？"迟钦亭说："怎么脏了？"亚红说："就是，你看这地，不晓得多少年没扫了。"迟钦亭说："我从来不扫地。"

亚红和张英开始为迟钦亭收拾房间。地上有几个香烟头，亚红一边扫地，一边吃惊叫道："好哇，你偷偷抽香烟！"迟钦亭不以为然说："这事我妈都不管，怎么，你想管啊！"

张英一旁忍不住笑，说："人家当然要管。"

迟钦亭说狠话："敢管！"

"就敢管！"亚红笑得脸通红，抓着扫把看着迟钦亭，又看看张英。迟钦亭说："这么凶，难道还想用扫把打我不成。"

大家都笑。

收拾完房间，迟钦亭把二胖保存在他那儿的一叠照片，献宝似的拿出来给亚红和张英看。照片是四五运动期间在天安门广场拍的，主要内容都和悼念已故总理周恩来有关，在花圈和人的海洋里，每张照片都显示出了一种特殊的热闹。这些照片当时都是一级的违禁品，公安局查得非常厉害。二胖有个朋友部队转业了在北京吃公安饭，公安局收缴来了大量照片，二胖的朋友在销毁前就便偷了一叠。风声越来越紧，照片转移到了二胖手上，二胖没地方放。于是想到了迟钦亭。亚红第一次看到这照片，最先的反应是怕，心吓得怦怦跳，脸顿时发了青，怪迟钦亭不该多事帮人家收藏危险品。迟钦亭极好的兴致迎头被泼了盆冷水，勇敢地说着"不怕"，心里不免有些窝囊尴尬。张英一旁虎着脸不说话。房间里的气氛变得不太愉快。

第二天，张英仍旧唬着脸，极不友好地教训迟钦亭。迟钦亭不吭声。张英说："人家信任你，东西放你这儿，就不应该给别人看。"迟钦亭说："我给谁看了？"张英说："你狠什么，本来就不应该给别人看。"迟钦亭一肚子不痛快，嘀咕说："我晓得你什么意思。"

"什么意思？"

"我给亚红看怎么了？"

"什么怎么了？"

"我就不相信亚红会去告密。"

"我说她会去告密啦？"

"还不是这意思。"

"什么意思？"

迟钦亭明白张英肚子里的潜台词。虽然二胖朋友顺手牵羊的行为给自己命运带来了戏剧性变化，他后来当真因此触霉头，转业到一个偏僻山区当小工人。虽然二胖和迟钦亭担待了出卖朋友的恶名，多少年以后回想起来，心灵上仍旧蒙着一层摆脱不了的阴影，然而迟钦亭在当时不可能意识到自己错误的严重性，他不仅不认错，而且就像那一阵惯于采用的战术一样，索性狠狠反咬张英一口。工具间里只有师徒二人，迟钦亭突然声音大起来："亚红本来是你找来的，你要我怎么样？"

张英一下子被击中要害。她总是在迟钦亭强硬不讲理的时候，显现出一种无可奈何的温柔。"你别以为我的担心没道理，我——，小迟，你别急。"她不想进一步惹徒弟生气，原先准备要说的话，仿佛正飞着的小鸟，叫淘气的孩子一弹弓打中，骤然改变方向往地上栽。事实毫不含糊予以证明，事态的发展后来恰恰走了张英预料中最糟的一步棋，但是正如争吵远非张英擅长，她已经习惯了在迟钦亭面前一让再让。"我不是这意思，"她叹着气走近迟钦亭，师徒二人面对面站着，"小迟，我，"她看着面前那张透着孩子气白里见红越来越成熟的脸，却一句话说不出口。车间里机器声轰隆隆响着。张英觉得胸口正在像石头一样硬起来，那种最强烈的欲望一闪而过，明知道不可能把迟钦亭孩子一般抱在胸前，明知道自己很自然地就会和徒弟保持着适当距离，明知道说什么也白说，硬忍住胸前的起伏，终于说：

"我，不会吃醋。"

迟钦亭说："你当然不会吃醋。"又说："有什么好吃的，你和顾师傅在一起，我也没吃醋嘛。"顾师傅是张英的丈夫。张英除了瞪眼睛，委屈得说不出一句话。

迟钦亭和亚红的关系一公开，多了桩事，就是亚红下二班，得去接她。那一阵风气不好，邻厂的一位胖女人，下了二班独自一个人走，叫小流氓顶在偏僻处的电线杆上。胖女人说："要死了，我儿子都比你大！"小流氓一阵忙乱，胖女人不怕他，他反倒有些怕胖女人。忙了半天不得要领，胖女人说："我要喊了。"小流氓狼狈而逃。

慑于胖女人的故事，迟钦亭母亲对儿子那么晚了还要去接亚红，很有些曲曲折折的不放心。下二班的人回家，向来成群结队，迟钦亭去接亚红，与其说为了安全需要，不如说是为了满足女孩子的虚荣。下班去接女朋友一时也是种风气。迟钦亭母亲恨男人不关心儿子，亲自出马，找人开后门帮未来的儿媳妇换了长白班的工作。

亚红调到车间办公室做统计员，车间主任因为她颇有些来头，对她十分规矩。

迟钦亭自小娇生惯养，和亚红恋爱，免不了有些口舌，有一次近乎吵翻脸，两人都托张英退还信物。亚红的信物是一支近十块钱的金笔。张英拔开笔套，看着黄澄澄的笔尖，笑着说："真要退，就这一次了，下次你可别再找我。"

亚红说："张师傅，你别开玩笑了，这次可是真的。"说了，要去抢那支笔。

张英说："我跟你说，小迟可舍不得这支笔。"

"算了吧，舍不得，他会舍不得？"亚红想说舍不得还不把笔留下来，一想到自己已经把迟钦亭的照相簿退还了，他自然没有再把笔硬留着不还的道理。

张英把笔套重新套上，说你们吵来吵去，我跟着烦死了。干脆各自的东西都寄放在我这里，日后谁想要，就给谁。亚红坚持着还想收回那支笔，张英真把那笔给了她，她一眼瞥见自己退给迟钦亭的照相簿，还在张英的工具箱里躺着，忍不住问为什么不交给迟钦亭。张英说，迟钦亭关照过的，以后有机会，还得还给她。亚红嘴一撇，做出不相信的样子，又低下头，颠来倒去地琢磨手上的那支笔。

张英叹了口气，一把抢过那笔，想笑又没笑出来地说："跟你说都搁我这儿。二回你们又好了，各自都给我拿回去，要不然，这笔，给我儿子用，这照相本子，我来放照片。"

亚红不再坚持，嘀嘀咕咕说了句什么。张英说："怎么，舍不得呀？"亚红红着脸，不服气地说："有什么舍不得的！"

小两口吵吵好好，好好，再吵，再好。张英说，你们一会吵，一会好，何苦。又说，不是冤家不聚头，越吵越好，倒真不容易。人背后找着了机会想狠狠说说迟钦亭，又是教训，又是开导，全没用。迟钦亭依然故我，一切如旧，照样找碴子发脾气，照样讨好求和。

天渐渐有了凉意，亚红注意到迟钦亭身上还只穿着衬衫，提醒他多穿些。第二天迟钦亭依然是那件衬衫，亚红不禁嗔怪道："干吗我的话非不听，难道，难道一定要张师傅说了，你才肯加衣服？"

迟钦亭一怔，问："这话什么意思？"

亚红说："你就知道听她的话。"

迟钦亭反问说："我听她什么话了？照你这说，

她不叫我穿衣服，我下雪天还会冻死了，是不是？"

亚红又说："你啊，就知道听她的话。"

迟钦亭的脸色有些难看。

亚红为自己开脱说："张师傅年纪都那么大了，我才不会和她计较呢，你别急。"

迟钦亭脸色更难看，有那么点恼羞成怒，狠狠白了亚红一眼，质问她自己究竟什么地方急了，一定要把话说个明白。亚红知难而退，不和他理论。

"得把话说说清楚，我——"迟钦亭不肯善罢甘休。

"你这话什么意思？"

"你说什么意思？"

"我，我没说什么意思呀，你别老是吵好不好。我不跟你说了。"亚红以退为进，不耐烦地说："我们说些别的行不行，我可是老让着你，你别来劲。"

亚红刚开始似乎一直有意绕开张英这个禁区。这是个极危险到处都埋着地雷的区域。事实上亚红早就注意到只要一提起张英，迟钦亭就有些神经质的敏感甚至紧张。随着两人关系的日益密切，亚红对迟钦亭的动手动脚已经习以为常，不踏入这禁区也不可能。虽然大家都小心翼翼，都息事宁人，都害怕惹是生非，然而有一天亚红终于忍不住说："我看你们关系也太不一般了，凭什么凡事都得告诉她，她是你什么人？"迟钦亭没提防亚红会这么问，沉着脸不吭声，亚红却接着说："我不管，我就这么说。她什么都要过问，凭什么。你的事，你想告诉尽管告诉她好了，我可不要她管，你少在我面前提她，她面前提我。"迟钦亭依然不吭声。亚红怕吵架，希望迟钦亭申辩解释，但是他坚决做哑巴。

张英也察觉到了亚红的敌意，大家照样敷衍，照样开玩笑，彼此间都存了戒心。她偷偷问迟钦亭，是不是有了什么怀疑，或者迟钦亭说话不注意，无心泄露些什么。

"你那位亚红，人小，心眼却不少，你真得当心，"张英说。

这话对迟钦亭来说并不中听。他只觉得心烦意乱。

迟钦亭的态度让张英感到委屈，她略带感伤说："你放心，我才不会和她计较呢。而且，你知道，我一直真心希望你们好的，小迟，你别不说话。你这样，我看着难受。"

和亚红越来越明显的醋意相比，张英变得越来越温柔。迟钦亭仿佛处在一根绳子的中间，两头都有人使劲在拉，较着劲拉，越拉越紧。

张英只觉得迟钦亭上夜校是做什么了不得的大事，

每天带菜时，都偷偷给他捎一份。凡是能包办的工作，她几乎全揽了下来，“你做作业好了，你做作业吧。”这话反反复复地说，亚红句句直往心上去，一肚子酸水老往外冒。“你真该了个好师傅，也不知前世怎么修的。”亚红的话里全是话，迟钦亭听了不是滋味，既嫌烦又心虚，想发火，又担心引起新的是非。

亚红说：“怎么一说这话就不吭声了，该不是说到心上去了吧。”

迟钦亭说：“你少来这种废话，我这人，没心，不会往心上去的。”

“你是没心！”

“我是没心。”

“哼！”

“哼什么？”

“不哼什么，”亚红继续幽幽地说，“你到该有心的时候，就有心了，我想想真害怕，没结婚你就对我这样，以后不知道怎么样呢。”

迟钦亭心头一阵乱，他意识到应该对亚红好一些，求和地说：“不说这些，星期天我们去江边，怎么样？”

“去江边？”亚红一时转不过弯来，噘着嘴说：“我不去，去那么远干什么？”

结果星期天的大多数时间，亚红都在迟钦亭小巢里，迟钦亭千方百计纠缠，亚红一味抵抗，固守最后一道防线。走廊里老有人走过来走过去。类似的机会有过好几次，迟钦亭每一次结局都是极狼狈又感伤。亚红事后免不了有些歉意和同情。"这本来就不能怪我嘛，我，我当然紧张啰。"她看着垂头丧气的迟钦亭，忍不住想笑。

　　这一年的九月九日是中国历史上的重要日子。迟钦亭开始纠缠亚红的时候，外面的收音机突然预报有重要新闻。走廊上一边有人走过，一边听见谁在喊快开收音机。闹哄哄的声音预示着有什么大事。亚红起身去开一架小半导体，不停地旋着旋钮。迟钦亭趁亚红两只手不便，手伸在她衣服里忙。很长一段时间里是空白。突然哀乐声响起来，亚红吓了一跳，说："谁死了？"迟钦亭一方面也在听，另一方面已悄悄把亚红的裤子褪了下来。亚红又吓一跳，回过身，嗔怪说："你这人怎么这样！"

　　有一位非洲贵宾在永和园品尝了次佳肴，回去翻来覆去睡不着，越想越觉得味道好，当即向陪同参观的省领导提出要求，希望能派厨师去他们国家指导烹调。经过一段时间的外交交涉，永和园挑了两位师傅，其中之一是张英的男人，说好了去三个月，没想到北京集训一个月，到了非洲所在国又一再强留，张英丈夫这一出门，足足八个月。

等到张英意识到自己可能会怀孕时，一切都已经太晚，差错已经造成。当时正是月初，她男人从非洲寄信来，说好了月底一定回国。"我怎么向他交代呢？"她看着手足无措比她更烦恼的徒弟，又不得不安慰他，"你别急，我会有办法的。"她早就考虑过后果的严重性。在她男人刚出去的日子里，张英一向小心翼翼，比男人在家的时候吃药更仔细。然而男人回来的日子一改再改，贮存的避孕药早就吃完了。都知道她男人在国外，张英显然没借口再去领药。

张英不得不去找她的一个熟人。这熟人是她的小学同学，在下关的一家街道卫生所里当外科医生。他们本来没什么来往，有一次在街上排队买东西正好遇上，两人一边排队，一边闲聊。队很长，聊到后来，张的小学同学说："我们那儿流产最方便了，你以后有事、你的熟人有什么事，找我就是了。"张英当时觉得他说得有些冒昧，并且觉得他太轻浮。然而一旦意识到自己的确是怀孕，需要有个医生帮忙时，她首先和唯一能想到的就是自己的小学同学。

小学同学答应得极爽快。他是这家卫生所的所长，张英去找他时，发现他在那很有些威望。他显然不是第一次遇上这样的事。看到张英面有难色开不出口，他借口要替张英检查把病人都赶了出去。他让张英松开裤带躺在外科的小床上，手煞有介事地在她肚子上揿来揿去，问她究竟几个月了，又问她过去流没流过产，外科的门虚掩着，张英注意到门缝外有病人正在往里偷看。小学同学的手越来越往下移，手指甚至触到了她的阴毛，张英触电般的缩了缩肚子，人仿佛被捆死在小床上一样，僵僵的，想动也动不了。小学同学说："这事问题不大，你放心好了，到时我会在场的。"他示意张英爬起来，自己十分轻松地走到桌子面前，拿起笔，在一张纸上写了几个字，停下笔，看着张英笑了笑，说："你什么时候再来？"张英一边系裤带，一边非常顺从地问："你说呢？""那好，就下个星期。星期二，"小学同学又看了看张英，又笑："星期二你来找我。"

"要不要空腹？"

"空腹？无所谓。"他不当回事地站起来，送张英出去，一路嘻嘻哈哈。

张英约迟钦亭一起去莫愁湖。迟钦亭帮不了任何忙，张英只要求他陪陪她。心甘情愿也好，勉勉强强也好，张英有一种只身漂泊在大海上的孤独感，她只要求迟钦亭陪陪她。

那天老给人一种要下雨的感觉。迟钦亭姗姗来迟，远远地望见张英正伸长着脖子盼他。两人的眼锋一对上，张英对他扬扬手上已买好的两张票，转身向公园门口走去，走得极慢，等迟钦亭离她几步时，她突然加快步伐，把票扔给检票员，匆匆像逃亡一样进了公园，迟钦亭有几分不乐意地跟在后头。

公园里是一种不安分的空荡。迟钦亭怕被熟人碰上，眼睛尽量不住别处望。他已经和亚红约好了下午在她家会面，毫无疑问，亚红现在正痴痴地等着他。这种白白的等待带给迟钦亭一种恶作剧的快感。

"这地方，我不晓得多少时候没来过了，"张英走到湖边，停步在一棵老柳树边，伸手去捞那垂下来的柳枝，显得很轻松地问："你带没带她来过？"

"谁？"迟钦亭明知故问的回答反而使自己尴尬，他转身看着宽阔的湖面，看着水边的残荷，说："我们很少出去，她不喜欢玩。"

张英说："算了吧，女孩子哪有不喜欢玩的，你肯定是懒。"

迟钦亭脸上淡淡的笑就跟没笑一样。

湖面上有一只小船划过。张英和迟钦亭看着划小船的人。划小船的人看着柳树下的张英和迟钦亭。小船由远而近，由近而远。

张英又说："你们现在怎么样？"

"什么怎么样？"

"你们？"

迟钦亭没回答。

迟钦亭往湖面上看。

湖面上一条船也没有。

迟钦亭捡起地上的泥块，孩子气地往湖里扔，往远处扔，他手臂的力气特别大，在学校是手榴弹亚军。张英饶有兴致一旁看着，胸口禁不住流出大块大块的温柔来。她用充满鼓励的目光注视着迟钦亭，脸上放射出一种发自内心深处的平静。天依然阴沉沉的。她看着迟钦亭弯腰，看着他在地上挑剔地选择合适的砖块，看着他摆好姿势往湖里扔，看着那砖块划过灰色的天幕落在平静的水面上。迟钦亭孩子气的举动足以给人一种安慰，一刹那间，最美好的回忆全都成群结队地向她走来。所有现实的烦恼突然消失在不现实的氛围里。

隔了很长一段时间，他们走过一段小路，穿过一片树林，坐在一个很偏僻的角落，张英全心全意地说："你真得待亚红好一些。要我说，女孩子能这样就很不错了，我看得出，她喜欢你。"

迟钦亭有几分不快和不自在地说："你现在说这干

216

什么？"

"那你要我说什么？"

迟钦亭仍然不快和不自在。

张英又说了会亚红。迟钦亭忽然近乎不耐烦地问："你肚子里的孩子怎么办？"

有很长一段时间张英一动不动。迟钦亭侧过脸去看她。她的眼睛望着别处。

张英已经有了些中年人的发胖。她这么坐在那，侧面看过去，胸挺得极高，硬绷绷的，是一种熟透了的结实。那是塑像常有的姿态，是一首秋天的歌。迟钦亭的目光留连在那饱满的曲线上，心头有点乱。他弄不清自己究竟想说什么。张英缓缓地移过头来，和迟钦亭的目光一接上，不禁会心一笑，嘴张了张，却没说话。迟钦亭说："我也不知道怎么办才好。"

"我不要你操心。"张英抱怨说。

又说："你操心也没用。"

又说："我只要你，你陪陪我就行了。"

迟钦亭有些赌气地往她身上靠了靠。张英没有动弹。迟钦亭突然说："你和他离婚。"

"你和他离婚。"他又说了一句。

张英说："你别说傻话。"

又说："亚红怎么办？"

迟钦亭茫然说："不管她。"

"不管她？"张英把这三个字念出了另一种味道，她尽量做出自己已经心满意足，用一种自己也不相信的口吻说，"你别这样，我不要你做傻事。"

"我不管！"迟钦亭仿佛在和谁赌气。

"我老了。"张英说。

迟钦亭不吭声。

"真的，我太老了。"张英又说。

迟钦亭动了动，似乎要争辩什么。张英摆摆手，不让他说，"你别说了，我相信的，"她看了看手表，"我买了两张电影票，差不多了，我们去吧。你先走。不？我先走吧。"

迟钦亭睁大眼睛，看着已经站起来的张英。张英笑着问他到底去不去。迟钦亭点点头，说："要去，一起去。"

"一起走？"张英脸上流露出几丝兴奋，豁出去地说，"好，一起走就一起走。"

电影院里很黑。不是什么好片子，空空落落，没有什么人坐里面。电影放了一会儿，迟钦亭伸出手去，找到了张英的手，先捏了一会儿，又伸在她手心里，让她捏。音响效果极差，喇叭里沙沙的全是噪声。好在他们根本不想说什么。想说的太多，不如不说。张

英把迟钦亭的手心放在自己的小肚子上，拉着他磨过
来磨过去，十分专注地看电影。

6

迟钦亭连续三年才考上大学。自从高考恢复，好
像除了去上大学，他不知道自己还有什么别的选择。
第一年的考分差了一大截，第二年的考分依然差一些，
第三年似乎够了，发榜的日期已到，录取通知迟迟不
见寄来。厂里因为他老想着考大学，是领导就对他一
肚子意见。

那个小得不能再小的池塘正在填，新的车间就打
算建在旁边，一辆借来的老式推土机清理着各式各样
的垃圾。

张英的丈夫狠狠闹了一通。老是吵，老是打，有
一段时间，张英的丈夫天天来厂里寻事。

张英拒不交代第三者。

一天，在路上，迟钦亭和张英丈夫相遇。

迟钦亭想逃。

张英丈夫说："小迟，我问你个事。我不在家，我是说老子在非洲，你师傅经常和谁来往？你告诉我。"

迟钦亭漠然地看着他。他从怀里摸出把尖刀给迟钦亭看："妈的，老子找到他了，请他吃这个。告诉我，你师傅到底喜欢和哪个小白脸在一起。你别怕，我保证不说。妈的，你讲还是不讲。不讲？哼，老子知道你们他妈的是一路货色。"

迟钦亭很勇敢地看着他。

张英丈夫说："滚，滚你妈的。"

亚红和张英成了冤家。

亚红和迟钦亭闹。

迟钦亭说："你别逼我。"

亚红也说："你别逼我！"

"谁逼谁呀？"

"你说谁逼谁？"

两个公安员是由政工干部小宋领来的。他当时正在车间里干活，做梦也没想到来人会和自己有关。政工干部小宋众目睽睽之下，伸长了脖子到处找，一眼看见手上正拿着量具的迟钦亭，回头向两名公安员小声说了句什么，两个公安员的目光射向迟钦亭，整个车间的目光射向迟钦亭。

政工干部小宋站在那没动，表情严肃地看着迟钦亭。两名公安员缓缓走过去，拍了拍迟钦亭的肩膀，示意他跟他们走。迟钦亭一时不知手上的量具该往哪里放，神色慌张地想了想，跟着公安员就要走。公安员指了指他手上的量具，叫他先放好。

有人拉住了政工干部小宋想打听消息。政工干部小宋跟在公安员和迟钦亭后面，理直气壮地走出车间，挥挥手要大家继续干活。一个老女人在背后笑政工干部小宋太一本正经。

公安员把迟钦亭带到一间空房子里问了一阵话。政工干部小宋无事可做，站在门外发呆，想抽烟，却发现火柴没带。

公安员说："你关键是把事情说清楚。"

大约问了十五分钟话。公安员又说："关键还是把话说清楚。走，我们去拿那玩意去。你用不着慌。"

厂门口停着一辆草绿色的吉普车。两名公安员一前一后，前面的开车，后面的和迟钦亭坐一起。引擎响了几声，吉普掉了掉头，一下子蹿出去。迟钦亭回头看，厂门口全是人。

两名公安员和迟钦亭一起下了车。公安员说："你就装着没事好了，不用慌。"

迟钦亭把两名公安员直接领进他的小巢，几乎什么人也没惊动。

"是个好地方。"一个公安员说。

"你一个人住这儿？"另一个公安员问。

迟钦亭把二胖存在他那里的照片全都拿出来。两名公安员仔细看那些照片，反反复复地研究。

"就，就这么多？"

"还有没有了？"

迟钦亭极老实地摇头："没了。"

"真的就这么多？"

"就这么多。"

"嗨，你真是吃饱了饭没事做。人家要放你这儿，你就放了？"两名公安员中有一个长得有几分清秀，想不通地说，"你娘老子知道了，非气死不可。"

另一名公安员对迟钦亭床头的那串毛主席宝像产生极大兴趣，他抓住了，轻轻地摇摇，回头说："真亏他想得出。"

"你这是什么意思？"迟钦亭被这么问着，他脸上的表情有些尴尬，不知道如何回答。

"你留着这些照片干什么？"

"是人家放我这儿的。"

"我问你留着干什么？"

"是人家，放我这儿的。"

"你看，这么严肃的事，你还觉得自己有理。你说你对不对——干吗不吭声？"

迟钦亭全心全意地考大学。

厂长大人因为他心思不在上班上，先善意奉劝，后来便是大会点名批评。"为什么就一定要上大学呢？我不明白，为什么当工人就没出息，为什么？"厂长说着说着有些激动，"我希望大家都能去上大学，但是，我是说但是，能所有的人都去上大学吗？能吗？我看不可能。有的人，我看根本就考不上。"

厂长对迟钦亭有意见，车间里迅速作出反应，车间主任说："小迟，这样不行，检验这活马虎不得，你还是给我到第一线当工人吧，搞装配去。"

迟钦亭成了装配工，他手上的量具换成了扳手，一天八小时，全是和螺丝螺母打交道，想偷懒可以，人多活少，想看书去不行，大家的眼睛都盯着。

每天工作八小时，中午休息一小时，来回路上一小时。

迟钦亭只好少睡觉，天天晚上一点钟睡。人困急了，躺在床上，一拉开关，人已经进入梦乡。中午在厂里吃饭，工人们利用休息时间打牌说笑，他便裹上一件旧棉袄，车间里找个角落，捡几只破木箱子，呼呼睡大觉。

迟钦亭大学老是考不取，他老是恨自己不争气。

"大学生，你给我们说老实话，你到底和亚红那妞有没有那事？"

"大学生，你他妈真不是东西，难怪你考不上大学。"

"亚红跟了人家，你就当真一点不往心上去，当真一点不急？"

迟钦亭上班，常常要为这些问题所难。许多人都叫他"大学生"，并没有什么恶意。亚红和别的车间的一个小伙子好上了，消息传进迟钦亭的耳朵，一起干活的装配工纷纷为他打抱不平："墙倒众人推，你小子怎么了，也不过就是没考上大学，她凭什么？"

"小乐也是，别人玩剩的，他也要。"

"就是，我们看小乐一点也不如你。"

"大学生，是不是你先不要她的？"

"狗 × 的，你现在怎么变得一声不吭！"

"揍他！"

那个小得不能再小的池塘终于填满，新的车间开始动工。来了批满口南方话的农民工。

有一天，迟钦亭远远地看见张英一个人站在建筑工地上发怔。他远远看着她，她远远看着他。各自眼睛里发出的讯号都被对方的眼睛接收。迟钦亭情不自禁走了过去。他们已经很长时间没说上一句话。

张英说："你考上了，总算。"

迟钦亭摇摇头，说："还没拿到录取通知呢。"

"能考上就好。"

迟钦亭想笑，没笑出来。

有人从工地上路过，话里有话地问："喂，师徒俩说什么啦？"

张英骂道："关你屁事。"

那人说："好凶。"

张英说："有屁快放。"

那人笑着说："小迟，听说你总算考上了，妈的，别忘了我们。"

"忘不了。"

"你小子讲得好听，哼！"

迟钦亭红着脸笑。

张英看着那人离去，又说："考上就好。"

迟钦亭下意识点点头，问："你这向可好？"

"我？"张英聚精会神看着正干活的农民工，若有所思又懒得回答，突然想到地问："听说亚红结婚，你去了？"

迟钦亭又点点头，很尴尬地笑。

"你真去了？"

"他们都要我去。"

"他们？"

"我也不知道自己上什么大学，反正我想好歹能取吧，有的读就行。"

"我在问你呢？唉，想不到亚红会这样！"

"我，我——"

一个农民工走过来，用南方话请他们往旁边站一些，他们走到那株洋槐树下。树上有几只鸟吱吱地在叫。车间里有人探出脑袋对他们这边看。张英的脸上洋溢着一种发自内心的微笑，笑得轻松愉快。

"我真高兴，你能考上。"

迟钦亭回忆起初次领工资的情景，他正站那株大树下，点着手中不多的几张钞票。时过境迁，人去物在。迟钦亭出了口恶气，过去的痕迹淡化成一种记忆，淡淡的，永远抹不去，淡淡的，永远不会再清晰。和张英轻松愉快的心情相仿佛，大家都由衷地高兴他去上大学，甚至亚红也不例外。过多的祝贺令迟钦亭有一种自己的确该滚蛋的悲哀。以往的旧账一笔勾销。恩恩怨怨有时想想就这么回事。亚红带着新婚丈夫小乐出人意料地来送行，两人联名送了本豪华的笔记本给他。淡绿色的丝绒封面仿佛亚红曾经爱穿的一件羊毛衫，笔记本的扉页上题着一首不能再蹩脚的小诗。亚红显而易见的已经有了身孕，慢吞吞的，胖胖的，像个实心皮球。迟钦亭记得亚红的汗毛极重，她缓缓伸出手臂，逆光看过去，白皙的皮肤上是一派茂密的原始森林。隆重热烈的汗毛痒痒地撩拨过迟钦亭的心。虽然有新婚的丈夫小乐在场，亚红依然做出依依不舍的样子，慢慢抬起白手臂，在空中划过一道矫揉造作的弧线。依依不舍是一层情感的薄纱，透过半透明的薄纱，迟钦亭更看清的是自己的多余。纯而又纯粹而又粹的一种多余。人活着已是一种妨碍。迟钦亭从别人的生活中走了出来，就像他不知不觉走进别人的生活。

迟钦亭有一封信一直搁在传达室。送信的邮差是个有宗教热的集邮迷，每次遇上中意的邮票，都嘱咐传达室的老头帮他要下来。那封信在传达室桌子的抽屉里搁了很长时间，邮差天天来送信，老惦记着信封上的邮票。天长日久，记得迟钦亭的人已经不太多，只有那邮差因为邮票的缘故还念念不忘。